ISABELLA

Por

Rosa Elena Rentería

Editado por Adriana Cleves

Cleves Book World

Compre este libro en línea visitando www.trafford.com
o por correo electrónico escribiendo a orders@trafford.com

La gran mayoría de los títulos de Trafford Publishing también
están disponibles en las principales tiendas de libros en línea.

Impreso en los Estados Unidos.

Editado por Adriana Cleves

Cleves Cultural Projects-Cleves Book World

www.clevesculturalprojects.org

ISBN: 978-1-4269-2131-5 (sc)
ISBN: 978-1-4269-2132-2 (hc)

Biblioteca del Congreso Número de Control: 2009940361

*Nuestra misión es ofrecer eficientemente el mejor y más exhaustivo servicio de
publicación de libros en el mundo, facilitando el éxito de cada autor. Para conocer
más acerca de cómo publicar su libro a su manera y hacerlo disponible alrededor del
mundo, visítenos en la dirección www.trafford.com*

Trafford rev. 12/01/09

www.trafford.com
Para Norteamérica y el mundo entero
llamadas sin cargo: 1 888 232 4444 (USA & Canadá)
teléfono: 250 383 6864 ♦ fax: 812 355 4082

A mi padre celestial, que me ha dado este talento para escribir....

A mis hijos, Sayda, Chico, Gabriel y Maggie.

A todos mis nietos.

A mis Padres.

Y especialmente a mi esposo Juan, que nunca dejó de creer en mí y me brindó todo su apoyo.

INTRODUCCIÓN

Escoger una carrera es a menudo difícil. Cuando decidí estudiar medicina no fue por decisión propia. En realidad, ir a la universidad fue una promesa que le había hecho a una persona que fue como mi hermana. Tampoco sabía qué iba a estudiar y fue mi esposo quien me enseñó a escoger lo que realmente me gustaba, porque cuando era niña no tenía ni idea de que se estudiaba tanto para llegar a ser doctor. Bueno... creo que ni siquiera me llevaron a uno. No tuve la fortuna de tener unos padres a quienes les preocupara mucho mi salud, por lo contrario, siempre fui vista como una mercancía.

De la misma manera, nunca imaginé que llegaría tan lejos. Fue como un milagro. No sé si darle las gracias a mi padre o a Dios. Nací al final de los años cuarenta en un pueblo muy pequeño del sur de México, donde la gente que vive en las ciudades grandes ni se imagina las malditas costumbres que se tienen allí, aunque en estos tiempos ya muchas familias dejaron atrás muchas de ellas. Pero años atrás esas costumbres eran casi como una religión...

Al principio de la década de los sesenta, yo y muchas chicas sufrimos una de esas malditas costumbres, tal vez la peor de ellas. Por ese tiempo, en mi pueblo muy pocos hablaban el castellano, sólo se hablaba una de las lenguas zapotecas. Yo aprendí a hablar el español a los diez años, nunca asistí a una escuela, mi madrina me enseñó a leer y a escribir, así como también a hablarlo. Desde que recuerdo, en mi casa no se conocían la tranquilidad y el calor de un hogar, nunca tuve una niñez feliz.

Mi nombre es Isabel y esta es la historia de mi vida o tal vez la de muchas jovencitas y niñas.

*   *   *

MALDITAS COSTUMBRES

Mi hermana no dejaba de llorar. Aunque mi madre se mantenía callada, se le notaba el temor que sentía por mi padre y a escondidas también lloraba. La razón de tanto dolor era que mi padre ya había hecho un "trato" con un tal Don Arcadio de la ciudad grande, para venderle a mi hermana por la cantidad de quinientos pesos y ese mismo día el hombre recogería a mi hermana para llevársela.

Me acerqué a mi hermana, la tomé de su mano y la miré a los ojos. Éramos apenas unas niñas pero esa era la costumbre y para todos era de lo más normal. A pesar de mis pocos años y de no entender muchas cosas, esa costumbre no me parecía sana. En ese pueblo el que mandaba era el hombre y las mujeres no tenían ningún derecho a protestar. Mi hermana, con los ojos llenos de lágrimas, me abrazó y aconsejó que me cuidara. Me tenía en sus brazos con fuerza, sabíamos que ese era el último día que nos miraríamos, pues no era la primera vez que mi padre hacía esto. Ya una de mis hermanas había corrido la misma suerte y tenía la seguridad de que a mí me pasaría lo mismo.

De mi hermana mayor nunca supimos nada. Mi padre la vendió a un hombre en no sé qué lugar. Era cruel y no tenía ningún amor por sus hijos, mucho menos por su esposa. Sólo le importaba divertirse y tomar alcohol. Cada vez que llegaba ebrio a casa golpeaba cruelmente a mi madre. Muchas veces la dejaba tirada inconsciente en el suelo, llena de sangre y allí mismo la violaba, delante de todos nosotros. Mis hermanos y yo nos escondíamos muy asustados y llorábamos. Pero también creo que ya estábamos acostumbrados a ver lo mismo casi a diario.

En repetidas ocasiones, cuando mi madre se encontraba en ese estado una vez mi padre terminaba con ella y se quedaba dormido, yo me acercaba temerosa, pensando que estaba muerta, la levantaba y la acostaba en mi petate. Llegué a odiar a mi padre con todo mi corazón y a tener mucha compasión por mi madre. Siempre pensé que algún día la sacaría de allí.

Ese día mi padre no se encontraba en casa y le sugerí a mi hermana que huyera para que él no se saliera con la suya. Pero mi hermana tenía más miedo por mi madre que por ella y tenia razón, porque mi padre, al no encontrarla en casa, seguramente mataría a mi madre. La abracé y le prometí que algún día la encontraría y buscaríamos a mi hermana mayor.

La hora se llegó y mi padre apareció con el tal Don Arcadio, quien era un hombre sucio, apestoso y horroroso, además de viejo pues tenía unos cincuenta o sesenta años. El hombre se acercó a mi hermana con ojos lujuriosos y sentí asco. Sin dejar de observar a mi hermana el viejo le aventó un fajo de billetes a mi padre, mientras mi hermana no cesaba de llorar. Luego, mi padre la tomó de un brazo y de un sólo empujón se la aventó al asqueroso hombre. Mi hermana le suplicó a mi padre, pero a él no le importaba su llanto, sólo contaba su cochino dinero con mucha felicidad. Mi hermana lloraba con desesperación y el hombre la manoseaba como loco. Mi madre y yo llorábamos abrazadas, pero no pudimos hacer nada por ella, le teníamos mucho temor a mi padre. El hombre se la llevó y mi padre se marchó a la cantina del pueblo.

Esa noche no pude dormir pensando en el futuro de mis hermanas más pequeñas y sentí mucha pena. También pensé en mis hermanos pues mi padre era muy duro con ellos y al mayorcito ya le había roto su brazo dos veces. Escuché como mi madre lloró toda la noche.

Mi padre por su parte tardó una semana en regresar, mientras mi madre no dejaba de llorar, tal vez no olvidaba a sus hijas o lo hacía por mi padre. Nunca estuve segura, pero creo que a pesar de todo amaba a mi padre. Varias veces le sugerí que nos marcháramos y siempre rechazó mi propuesta. Creo que no podía estar sin él y eso me ponía furiosa.

Cuando mi padre regresó a casa, observé cómo mi madre le dio mucho gusto pero todos nos escondimos muy temerosos. Él le gritaba enojado pidiendo de comer. Ella muy de prisa salió a atenderlo y sirvió un plato de la simple comida que había, pero mi padre se la tiró por la cara, protestando.

- Esto es una porquería.

- Eso es todo lo que hay y no tengo dinero para comprar nada más -ella muy asustada le contestó.

Él se levantó con rabia y la comenzó a golpear. Todos mis hermanos y yo comenzamos a llorar con mucho miedo. No sabía qué hacer y de repente salí de mi escondite tratando de defenderla. Mi madre me pidió que no lo hiciera, pero yo ya estaba tratando de luchar con mi padre. Él me tomó de las manos con una sola de las suyas y me golpeó con el puño en mi cara. Caí inconsciente y ya no supe de mi. Creo que mi padre me golpeo el cuerpo a patadas, porque luego tenia unos grandes moretones y me sentía muy adolorida.

Cuando desperté, mi madre me aplicaba lienzos mojados con algún té de hierbas por la cara y el cuerpo. Quise levantarme pero no pude. Mi madre lloraba y no sabía cómo decirme que mi padre se había marchado para la ciudad grande a buscar un comprador para mí. Yo lloré y le supliqué a mi madre que nos marcháramos. Pero era inútil pedirle algo así, ella jamás abandonaría a mi padre. Pensé en huir sola pero a dónde iría, nunca había salido de mi pueblo. Estuve en mi petate por tres días sin poder levantarme y cuando pude hacerlo me encaminé rumbo a casa de mi madrina. Le conté las intenciones de mi padre y le pedí ayuda. Aunque ella me quería mucho y quisiera ayudarme, su vida era muy parecida a la nosotros y a la de todos en el pueblo. Estaba muy apegada a las tradiciones y por ninguna razón las contradecía. Lo único que me aconsejó fue que obedeciera, que era costumbre de ayudar a la familia y de lo contrario Dios me castigaría y me iría al infierno y sería quemada por los demonios. Quise protestar diciéndole que no era justo, que yo no creía en esa maldita tradición. Mi madrina entonces se enojó mucho conmigo y persignándome dijo que le pidiera perdón a Dios. A pesar de que quería mucho a mi madrina no estuve de acuerdo con ella y me regresé casa.

Mi padre tardó la semana entera en regresar, todos esos días estuve llorando y deseaba que él no regresara nunca. Imaginaba una vida tranquila sin él, pero también tenía pesadillas por las noches al pensar todo el tiempo en qué viejo loco me "compraría". Le pedí a Dios que me enviara la muerte para no soportar esa tragedia, le pedí tantas cosas, pero creo que nunca me escuchó.

Una mañana, mi madre me despertó muy de prisa, la miré a los ojos y los tenía llorosos. Me abrazó y en ese momento escuché una carcajada de mi padre que venía de la cocina. Rápidamente comprendí lo que pasaba, mi padre ya había encontrado comprador, mi hora había llegado. Me levanté y mi madre me dio ropa nueva para que me vistiera, era bonita y muy colorida. Pero sentí que era una envoltura para una mercancía, ya que para eso era esa ropa, para que el hombre me viera bonita y pagara más. Mi madre me peinó y no cesó de llorar, mientras que yo ya me había dado por vencida, no había remedio, mi futuro estaba aquí y tal vez ya no vería más a mi madre ni a mis hermanos.

Antes de salir la abracé y le dije que la quería mucho, ella me dio un beso en la frente que nunca olvidé. Me entregó un morral que contenía unos papeles que en ese instante no revisé. Sólo me dijo que algún día los necesitaría y me miró muy fijamente a los ojos.

- Sobrevive y sé lista –me dijo- no seas débil, sé fuerte. Tal vez ya nunca nos volvamos a ver, pero quiero que sepas que nunca te olvidaré y que tú y tus hermanos siempre estarán en mi corazón. Perdóname por ser tan débil.

Yo me aferré a ella, pero mi padre ya me gritaba para que me diera prisa. Al hombre le dio gusto verme.

- El gringo pagará muy bien por ti –dijo. Yo le supliqué y le dije que no me quería ir-. Deja de llorar, muchacha del demonio –me gritó- algún día me darás las gracias. Este gringo es un hombre con mucho dinero y te tendrá como reina.
- Yo quiero quedarme con mis hermanos y mi madre –le contesté.

Mi madre me hacía señas para que guardara silencio pues tenia miedo que mi padre me golpeara. Él hizo el intento de golpearme pero se contuvo.

- No, no te golpearé, no sea que bajes de precio – dijo y me jaloneó para que dejara de llorar.

Salimos de la casa y cesé de llorar, de cualquier manera ya no remediaría nada, pues nadie me ayudaría. Seguí a mi padre muy seria, la gente me miraba, murmuraba y reía. Yo ya no sabía de mí, sólo me dejaba llevar por mi padre. Recuerdo que tomamos un autobús y no me di cuenta cuantas horas duramos en el viaje. Al llegar a la ciudad quise llorar pero no lo hice, decidí ser fuerte, pensé en mi madre, al fin y al cabo mi destino ya estaba marcado.

LA PRIMERA VENTA

Por fin llegamos a la gran ciudad, el ruido de los coches me aturdía, nunca había estado en ninguna ciudad de este tamaño. Sentía las miradas de la gente, imaginaba que ya sabían lo que me esperaba, mi padre me ordenó que caminara más de prisa, mi corazón comenzó a palpitar con fuerza y sentí temor, pero no me rehúse. Caminamos un buen rato hasta llegar a un lugar donde había unas casas enormes y muy bonitas. Nunca en mi vida había visto una de ellas, creo que tan sólo había visto algunas en una revista que tenía mi madrina y yo creía que esas casas no existían.

Llegamos a una de ellas y en ese momento me dieron ganas de huir, pero mi padre me tomó del brazo con fuerza y también pensé mucho en mi madre, ella sería la que pagaría si yo huía. Mi padre tocó el timbre de la gran puerta y una anciana nos atendió. Me miró con mucha lástima, nos condujo a un pequeño cuarto, nos ofreció que tomáramos asiento y algo de beber, mi padre pidió licor y yo nada. Tenía tanto miedo que no apetecía nada. Al poco rato llegó un hombre blanco con ojos muy claros, viejo y mal oliente quien me miró y sonrió.

Su mirada me dio mucho temor pero mi padre me ordenó que me pusiera de pie. Me miró de pies a cabeza, exigió que me quitara la ropa y yo comencé a llorar. Le supliqué a mi padre que me sacara de allí y él ya muy enojado me arrancó la ropa dejándome desnuda. Sentí mucha vergüenza y traté de cubrirme el cuerpo con mis manos, pero fue imposible porque mi padre me tomó las manos. El hombre ordenó que me acercara y yo lo hice con mucho miedo mientras él me tomó de la mano y me tocó el cuerpo, examinándome, como lo haría con una mercancía, Finalmente me preguntó si era virgen. No entendí a qué se refería y agregó en palabras obscenas que si alguna vez había tenido una relación sexual con algún hombre. Con mucha pena le contesté que no. Entonces movió la cabeza alegremente expresando aceptación, sonrió y ordenó que le dieran el dinero a mi padre, doblándole la cantidad por tan buena mercancía. Le dijo que si traía más de la misma clase, la recompensa sería mayor.

Mi padre ni siquiera volteo a mirarme, se marchó feliz contando su dinero. A mi me llevaron a una habitación, había una enorme cama, la anciana me dijo que descansara, pero yo no pude descansar. Al menor ruido me levantaba de un salto, me sentía muy nerviosa, ya ni hambre sentía. De repente alguien abrió la puerta, me asuste mucho, entró el gringo como mi padre lo llamaba y una mujer muy bonita me ordenó que me pusiera de pie. Yo salté de la cama, la mujer se acercó a mi, revisando mi cuerpo, yo comencé a llorar, pero ella me tranquilizó y me dijo que no tuviera miedo, que nadie me haría daño y le dijo al hombre: "no esta nada mal, es muy bella la niña". Le ordenó a la anciana que me diera algo de comer y que me ayudara a darme un baño, no sabía lo que pasaba pero tampoco me atrevía a preguntar

No comí con muchas ganas, mi apetito ya había desaparecido, lo que tenia era mucho miedo. La anciana me llevó a bañarme, nunca había visto un baño así tan grande y limpio. Tampoco había visto una taza de baño, mucho menos una tina para bañarse. Cuando salí del baño, la anciana me ayudó a vestirme con unas ropas que se encontraban en la cama. Me llevaron a un coche, de allí nos dirigimos a otro barrio donde subieron a otras dos chicas, creo que de la misma edad que yo. Una de ellas estaba llorando, pero la otra se veía contenta. Cuando el coche arrancó de prisa nos dirigimos fuera de la ciudad, llegamos a una casa vieja que se encontraba en el campo, bajamos del coche y nos llevaron hacia la entrada. Ya adentro nos dirigieron hacia una habitación donde se encontraban una diez o doce chicas, todas eran unas niñas como yo, creo que la mayor no pasaba de los quince. Yo apenas había cumplido trece, la más chica era una niña de once años, quien me dio mucha pena pues no paraba de llorar, se notaba que había sido golpeada.

Se marcharon y nos dejaron en esa casa a cuidado de varias personas. Para ese momento ya me encontraba más tranquila y resignada. De todas maneras a mi nadie me buscaría y si regresara, mi padre me mataría a golpes. Pasaron un par de horas y se oyeron unos pasos acercándose a la habitación donde nos encontrábamos, se abrió la puerta y un hombre muy alto nos ordenó que saliéramos al comedor. Sin vacilar nos dirigimos hacia la puerta, el hombre nos llevó al comedor y quedé admirada al ver la mesa con tanta comida, nunca en mi vida había visto tanta comida. Creo que comí como nunca antes, también creo que todas me miraban, pero no me importó, el gringo nos vio a todas y se mostró muy complacido, finalmente nos ordenó que descansáramos pues al día siguiente saldríamos de viaje. Esa noche pensé mucho en mi madre y mis hermanos, con tanta comida que había en esa mesa y con el hambre con que a diario nos acostábamos a dormir en mi casa... Por primera vez no sentía hambre y me dormía con mi estomago satisfecho

Por la mañana me despertó el llanto de una chica, era la pequeña de once años. Sentí mucha pena por ella, me acerqué y traté de consolarla. Se sentía preocupada por su abuela, en estos momentos estaría buscándola. Me atemoricé porque a ella nadie la vendió como a mí sino que había sido raptada, era muy bonita y representaba más edad de la que tenía. Al poco rato se abrió la puerta y entró la primera mujer que conocí en la casa anterior, a gritos nos ordenó que tomáramos un baño y nos vistiéramos con unos trajes que se encontraban en el armario, eran una especie de uniformes escolares todos similares. Después de comer partimos y nos llevaron a todas en una gran camioneta.

Aunque no imaginaba el peligro en que me encontraba no me sentía triste, pues hasta allí, nada malo me había pasado y la comida era muy buena y bueno... nunca había estado en una casa tan cómoda, las ropas también eran muy bonitas. Pensé que esas personas y el gringo no eran tan malos pues lo estaba pasando muy bien a comparación de mi casa. Pensé que por primera vez estaba conociendo lo bueno de la vida. Le comenté eso a una chica, ella sólo movió la cabeza

- Qué ingenua eres –dijo. No le entendí y tampoco me importó, aunque si me preguntaba qué harían con nosotras.

El viaje fue largo, tres o cuatro días. Aunque llegábamos a descansar fue pesado. Llegamos a un pueblo, no sé cómo se llamaba, y rápidamente lo recorrimos en busca de un doctor porque una de las chicas se enfermó. Tenía mucho vómito y ardía en fiebre. No encontramos uno y no nos detuvimos, sino que seguimos adelante. La chica estaba muy mal y el coche finalmente se detuvo en un lugar solitario, abrieron la puerta y la sacaron. La dejaron allí debajo de un árbol, sin ninguna compasión. Creo que ella ni cuenta se dio, estaba inconsciente por la fiebre. Unas de las chicas lloraba y les gritaba que no la dejaran, que moriría sola. La camioneta arrancó por un momento, pero de repente se detuvo y uno de los hombres se bajó de la camioneta, se dirigió hacia donde habían dejado a la chica, sacó un arma de fuego y le disparó en la cabeza. Todas las demás lloraban y gritaban, el hombre abrió la puerta de la camioneta por el lado donde estábamos nosotras y nos gritó para que nos calláramos, de lo contrario nos mataría a todas.

- Sólamente le quité el sufrimiento, ya esta en el cielo- dijo y rió a carcajadas.

En ese momento sentí temor por esas personas tan desalmadas, me di cuenta de lo que eran capaces de hacer. Ya muy pasada la noche llegamos a una ciudad bien iluminada, estábamos todas verdaderamente cansadas. Nos quedamos en un barrio muy sucio, pero la casa estaba muy limpia por dentro. Nos recibió una mujer con rasgos muy duros, se le notaba el mal genio. Nos contó a todas y sólo éramos 15. Entonces se enojó y le gritó a los hombres que nos llevaron pues le habían dicho que enviarían 16.

- Falta una! –dijo.

Uno de los hombres le explicó el problema que tuvieron y quedó conforme. Rápidamente ordenó que nos dieran algo de comer, luego nos metieron en una habitación con una alfombra muy bonita donde había varios cojines tirados y nos dijeron que descansáramos.

Me quedé profundamente dormida y nos levantaron ya pasado el medio día para que comiéramos. En esa casa duramos dos días, una de las chicas dijo que estábamos en la frontera, yo no tenia idea de qué era eso. También dijo que nos cruzarían para el otro lado del país y seríamos vendidas a una casa de prostitución y yo tampoco sabía a qué se refería. Otra dijo que seríamos modelos y pues tampoco sabía que significaba eso. A mi ya no me importaba nada, yo sólo sobrevivía, como un día me dijo mi madre que hiciera.

Por la noche, durante la cena, nos dijeron que vendrían unas personas a tomarnos unas fotos. A mí ya todo me parecía normal. Además nos trataban bien, pero yo nunca olvidaría a la chica muerta. Cuando nos disponíamos a dormir, entró una mujer, nos dijo que nos llamaría una por una, quería que le diéramos una clase de información personal de cada una de nosotras. No entendí pero yo sólo obedecía órdenes. Una de sus ayudantes nos pidió que hiciéramos una fila, así lo hicimos. Comenzó a hacer preguntas a la primera, dio su nombre y no le gustó, entonces se lo cambió. También le preguntó la edad y si era virgen, algunas no sabían lo que eso significaba. Pero ella con paciencia explicó. La chica con mucha vergüenza le contestó que sí. La mujer sonrió y le ordenó que fuera a la habitación de al lado. A la siguiente chica le hizo las mismas preguntas, pero cuando le preguntó si era virgen, ella muy nerviosa le contestó que no y agregó que su padre la había violado. La mujer se puso furiosa y le habló a un hombre que se llevó a la chica. Ya nunca volví a verla.

Después me tocó a mí.

- Qué hermosa eres, chjiquilla -la mujer me dijo al mirarme. Yo me sentí muy asustada. Me preguntó si era virgen y asentí con la cabeza confirmándolo - Umm, hermosa, virgen y con tu edad, darán una fortuna por ti -agregó.

Me preguntó mi nombre, le contesté que era Isabel y le gustó.

- Tienes un nombre bonito, pero para hacerlo mejor, te llamaras Isabella -yo no dije nada.

- A esta me la apartan, es especial –le dijo a la sirvienta. No entendí lo que quiso decir, pero en ese momento comprendí lo que la palabra prostitución significaba.

Me llevaron a la siguiente habitación y de inmediato me tomaron medidas, me observaron mi rostro y mi cuerpo, no protesté para nada. Algunas chicas estaban llorando de miedo, a mi ya no me importaba nada y siempre me acordaba de las palabras de mi madre cuando me dijo que fuera fuerte e inteligente, que no fuera débil. Así tendría que hacerlo porque ya sabía lo que esa gente era capaz de hacernos si no obedecíamos y yo estaba sobreviviendo.

Pasé la noche pensando tantas cosas, en mi familia y en cual sería mi final, pero ya no derramaba una sola lágrima. Creo que desde el momento en que mi padre me entregó a ese hombre había empezado a luchar contra mis miedos, fue entonces cuando comenzaron las fuerzas a entrar en mi corazón y ya sentía muy poco miedo. Me parecía estar en una guerra donde tendría que luchar por sobrevivir y mi mayor arma era la fuerza que estaba entrando en mi corazón. Así que tendría que deshacerme de todos esos miedos, de lo contrario éstos seguramente acabarían conmigo.

A la mañana siguiente, a mí y a otras chicas nos apartaron en un comedor pequeño y allí desayunamos. Ninguna de nosotras preguntó nada, sólo nos dispusimos a comer y al terminar nos llevaron a un salón donde se encontraban varia mujeres. Rápidamente nos ordenaron que tomáramos un baño, al salir nos dieron unas batas, nos sentamos, nos pusieron en la cara una mezcla color verde y así nos la dejaron. Luego me ordenaron que me sentara en una silla frente a un espejo, me comenzaron a poner una solución en el pelo, cuyo olor era horrible, pero no pregunté nada. Me dejaron esa sustancia en la cabeza por un rato, después la lavaron y no sé qué tanto hicieron con mi cabello. Me peinaron y me maquillaron, de lo cual en ese tiempo no sabía nada y no entendía lo que me estaban haciendo, yo sólo me dejé llevar. Al terminar me ordenaron de nuevo que me pusiera una prenda, estaba tan chiquita que pensé que no me quedaría. Cubría muy poco de mi cuerpo, pero ni modo, tendría que seguir adelante, no quedaba otra opción.

- Wow! Qué mujer! –dijo la señora cuando salí.

Me acercaron al espejo para que me mirara y cuál sería mi sorpresa! La mujer que estaba mirando en el espejo era completamente diferente a mí. El pelo lo tenía teñido de otro color y mi cara era completamente distinta. Me miraba y no podía creer el cambio, parecía una de las mujeres que estaban en una revista que estaba en casa de mi madrina, esas que eran de mi padrino. Mi madrina me había encontrado un día viéndola y me regañó muy fuerte diciéndome que me condenaría por estar viendo esas revistas, que esas mujeres eran hijas del mismo demonio y que irían derechito al infierno. Pensé que a la mejor yo ya estaba muy cerca del infierno, recordé a mi madrina y pensé: "pobre de mi madrina".

Después nos llevaron con el fotógrafo, me hicieron que me sentase en una silla muy bonita, una de las mujeres me mostró unas fotos de unas chicas y quería que hiciera las mismas poses y gestos. Yo no sabía qué hacer, sentía mucha vergüenza al hacerlo. Ya el fotógrafo estaba perdiendo la paciencia cuando la mujer me tomó del brazo, yo me sentía muy mal y tenía muchas ganas de llorar.

- Ya lo sabes –me dijo- si no cooperas te irá muy mal.

Le pedí un momento, fui al baño, traté de recuperarme y me dije: "Isabel, tienes que ser fuerte, sobrevive". Ya sobrepuesta, regresé, tomé la silla, revisé las fotos, le hice una señal al fotógrafo y comencé la sección de fotos. La mujer estaba muy complacida y al fotógrafo se le salían los ojos al verme. Terminó la sesión y nos ordenaron descansar. Al salir, la mujer me tomó de la mano y me abrazó.

- Eres divina, preciosa –me murmuró en el oído. Me sentí alagada pero me molestó la forma en que ella me lo dijo.

Durante la cena todo era silencio, no sabíamos qué decir, creo que ya todas sabíamos para qué nos querían y algunas lloraban. Estuvimos varios días en esa casa hasta que una noche una de las chicas me dijo que había visto que habían traído las fotos y que quería verlas. A mí me entró mucha curiosidad por verlas. Cuando dentro de la casa estaban todos dormidos, dos chicas y yo nos levantamos y con mucho cuidado, sin hacer el menor ruido, nos dirigimos rumbo al cuarto donde supuestamente estaban las fotos. Entramos y las buscamos, una de nosotras las encontró, eran tres libros con fotos, unas chicas conocidas y otras no. Las revisé pero no encontré las mías.

- Busquemos más, tal vez estás en otro libro –me dijo una de ellas.

Buscamos pero no encontramos otro. Sólo había un sobre grande con unas letras inmensas que decía "Special Virgins". Allí se encontraba mi foto y las de otras. No entendí nada, estaban muy bonitas, yo parecía otra persona. Regresamos a la cama, ya para mi todo era normal, así que pronto me quedé dormida, sin ninguna preocupación.

Al día siguiente, unos gritos me despertaron, era una de las chicas a quien le dolía mucho el estómago. Al poco rato se la llevaron al baño, ella tenía muchos cólicos, creo que por primera vez tendría su período. La chica se sentía muy mal, así que se la llevaron a otra habitación donde un doctor le atendió. Pronto se compuso.

Ese mismo día nos informaron que viajaríamos y nos ordenaron que nos vistiéramos otra vez con los uniformes escolares. Una de las chicas dijo que iríamos para el otro lado de la frontera, a mi me daba igual, de todas maneras no sabia donde nos encontrábamos ni tampoco sabía donde estaba el otro lado de la frontera. Cruzamos la frontera vestidas de colegialas, dos mujeres nos acompañaban, iban vestidas de monjas, no hubo ningún problema.

El viaje fue un poco largo hasta que llegamos a la ciudad de Los Ángeles en California. Nos instalamos en una casa grandísima, con una fuente imponente en la entrada. Pero por dentro no había ningún mueble ni decoración, sólo estuvimos en esa casa un par de horas. De allí no dividieron, a mí me llevaron junto con otras cinco chicas a otro viaje muy largo. No supe que pasó con las que se quedaron, escuché a unos de los hombres que nos llevaban decir que iríamos a Las Vegas. Para mi era todo nuevo, nunca había escuchado los nombres de tales ciudades, no imaginaba cómo serían esos lugares.

Ya estaba cansada de tanto viaje, entonces llegando a Las Vegas rogué a Dios que ese fuera el último. Nos quedamos en una gran residencia sumamente lujosa. Jamás había visto algo parecido, ya en ella había varias chicas muy bonitas y jovencitas y también muy temerosas. Algunas hablábamos el mismo idioma, otras hablaban otro, nunca supe cual. Nos dieron comida y después por fin pudimos descansar.

Al día siguiente, muy temprano en la mañana, me levanté y quise salir de la habitación, pero la puerta estaba con llave. Sólo mire por la gran ventana, el jardín era enorme y muy bonito. Recordé mi pueblo y sus grandes montes, recordé a mis hermanitos cuando jugábamos, me quedé viendo un rato por la ventana. Poco después escuché un ruido, abrieron la puerta y entraron dos mujeres gritándonos, ordenándonos que nos diéramos un baño, que nos pusiéramos las batas colgadas que estaban en el armario y que bajáramos al comedor.

Cuando bajamos, vimos un hombre muy alto, algo maduro y me extrañé porque traía unos pequeños aretes prendidos en sus orejas. Yo nunca había visto un hombre con aretes. También tenía el pelo muy largo. No sé si en ese momento sentí miedo, pero sí sentí algo extraño. Nos hizo caminar hacia él y nos pidió que nos quitáramos la bata. La primera se rehusó y se puso a llorar. Una mujer se acercó y la abofeteó, yo me esforcé y me llené de fuerza. Recordé que debería sobrevivir, caminé hacia el hombre y deslice la bata, la cual cayó en el piso. Él me hizo una señal para que me diera la vuelta y yo lo obedecí.

- Pareces una diosa –me dijo al sonreir. Luego me tiró un beso y me guiñó un ojo.

Ese día la pasamos muy bien, nos llevaron a un gran salón donde encendieron un aparato y apagaron las luces. Por primera vez supe lo que era el cine, nos pasaron una película muy divertida, nos dieron helado y palomitas de maíz, golosinas y no sé cuantas cosas mas. Estábamos felices, nunca olvidaré ese día. Por la tarde comimos todo lo que quisimos, había una gran mesa con bastante comida. Después de eso nos llevaron la ropa que tenían escogida para cada una de nosotras, era muy bonita.

Otro día, después de desayunar, vinieron varias personas supuestamente a enseñarnos cosas muy importantes. La hora de la enseñanza llegó, una mujer nos habló de la manera en que deberíamos comportarnos, cada movimiento propio de una "dama" y varias cosas que realmente no entendí en ese momento pero que en el futuro me ayudaron. Una joven muy bonita nos enseñó, según ella, a ser buenas amantes, lo cual a todas nos dio mucha pena, me sentí muy incómoda, pero qué podía ser, tenía que afrontarlo.

Algunas de las chicas estaban llorando sin hacer ningún ruido, sentí que lo que nos demostraban era algo muy sucio. Esa joven y un hombre nos dieron una "demostración" sobre cómo deberíamos comportarnos para ser "buenas" amantes. Enfrente de todas nosotras tuvieron relaciones sexuales y yo sentí mucho asco. Me recordó a mi padre cuando borracho violaba a mi madre ya inconsciente. Aunque me parecía interminable, por fin la demostración finalizó. Después nos hablaron por un rato largo, no imaginé que esas personas estuvieran tan interesadas en instruirnos de esa manera, no entendía sus intenciones. Después de eso nos llevaron a un gran salón donde había muchas mesas y sillas, enfrente había una gran cortina y una tarima angosta, donde nos hicieron caminar. Una de las chicas nos demostró como deberíamos hacerlo y allí estuvimos toda la tarde. Practicamos hasta el cansancio y hasta que lo hicimos bien.

LA SUBASTA

El día de la subasta llegó, todas estábamos muy asustadas y nerviosas, yo sólo pensaba en mi futuro, ¿qué sería de mi?, ¿a dónde me llevarían? Ya por la tarde, todas estábamos listas para el evento. Me asomé por la ventana y ví una infinidad de gente llegar en unos coches muy lujosos. El lugar ya estaba lleno, servían bebidas y había entretenimientos de distinta clase. También había varias chicas atendiendo a los hombres invitados.

Por fin empezó la subasta, a cada una nos dieron un pequeño cartelón con un número, yo tenía el cinco. Con muchos nervios y muerta de miedo pasó la primera chica, fingiendo una sonrisa que más bien parecía una mueca. Se escuchó una exclamación por la belleza de la chica, quien dio una vuelta por la tarima y se detuvo al final mostrando su número. Y así, una por una fueron desfilando hasta que me llegó el turno. Aunque me sentía muy nerviosa, hice lo que se me ordenó. Cuando salí sentí que las miradas de todos me quemaban, me di cuenta de que varios hombres no me quitaban la mirada de encima, pero en especial un hombre que casi me desnudaba con sólo verme. Al término del desfile comenzó la subasta y una por una se fue ofreciendo. Los hombres parecían unos perros peleando por las chicas. Algunas lloraban, pero yo me propuse a darle fuerza a mi corazón y no brotó ni una sola lágrima de mis ojos.

La disputa por nosotras era grande, el hombre que no me quitaba la mirada parecía una persona muy importante porque nadie igualaba sus apuestas y tomó las que quiso, escogió las que más le gustaron. En ese grupo me fui yo. Nos reunieron y explicaron la clase de persona que era ese señor, también nos advirtieron que no tratáramos de huir porque nos iría muy mal, nos advirtieron que nuestras vidas cambiarían completamente y nos aconsejaron que cooperáramos. La mujer que nos habló también dijo que, aunque no estaba autorizada, nos lo diría para que supiéramos a qué atenernos. Parece que ese señor tenía varias mujeres a las que consideraba sus esposas y si una de nosotras le gustaba mucho la dejaría como una más, mientras que a las otras las pondría en sus "negocios". Agregó que a lo mejor a alguna de nosotros nos tocaba esa suerte. Yo me dije "pues vaya qué suerte, ser mujer de un viejo rabo verde". También nos dijo que ese hombre era muy bueno y generoso y además muy rico.

Nos llevaron a recoger nuestras pertenencias, yo sólo tomé mi morral y me marché a donde nos esperaban. Abordamos el coche y nos fuimos. Estuvimos en el auto una media hora y llegamos a un aeropuerto pequeño, donde nos hicieron subir a un avión diminuto junto con nuestro "dueño". Jamás pensé que algún día me subiría a uno, sonreí y el hombre que nos compró me miró.

- Qué hermosa sonrisa tienes, chiquilla –me dijo.

En el avión no dejó de mirarme y sonreírme, yo sólo bajaba la cabeza. Me tomó la barbilla y el brazo e hizo que me sentara junto a él. Yo cada vez me sentía más nerviosa y sentía el miedo en mi estómago, pero no lo enseñé. Llegamos a una ciudad, no supe cuál ni dónde quedaba. Nos llevaron a la mansión más grande que he visto en toda mi vida, parecía un palacio, sus jardines eran enormes y estaba situada en el campo. Adentro nos recibieron varias empleadas, quedé impactada con el lujo de la casa, unos cuadros enormes que colgaban de las paredes, bellas esculturas que decoraban las esquinas, una alfombra gruesa, tan bella como las montañas verdes de mi pueblo y ventanas tan altas que llegaban hasta el techo. Definitivamente era la casa más bella que ni en sueños había imaginado que existiera en la tierra... sólamente en el cielo.

El hombre se dio cuenta de que me impresioné con la casa y me preguntó si me gustaba. Moví la cabeza diciéndole que si y me contestó que ésta sería mi casa de ese momento en adelante. Yo no dije nada y una empleada me llevó a una habitación grande, diciéndome que esa sería mi alcoba. Tomé un baño y al poco rato me llevaron la cena. Me dispuse a descansar, cuando de repente se abrió la puerta y el hombre entró.

- Espero que te haya gustado tu habitación, es la mejor –dijo.

Se acercó a mi mientras yo esperaba lo peor. Pensé que para eso había sido vendida. El hombre me desabotonó la bata y me quedé completamente desnuda. Me miró impresionado.

- Eres hermosísima –dijo. Yo ya me había acostumbrado a enseñar mi cuerpo y no sentía ninguna pena. Él se dio cuenta del miedo en mis ojos- no tengas miedo, no te haré daño- dijo- tu eres algo muy especial y serás para mi. Tendré paciencia, te conquistaré.

Casi no entendí lo que me dijo, pero fue muy amable conmigo. Pensé entonces que era un hombre muy bueno, me dijo muchas cosas muy bonitas que nunca había escuchado antes. Se sorprendió por mi edad pues había pensado que era mayor. Luego, se fue y me dejó para que descansara.

Una vez más, por la noche me despertaron unos gritos. Salí al pasillo, pero no supe de dónde venían los alaridos. Así que regresé a la cama y luego ya no escuché nada, me quedé profundamente dormida. Fue el ruido de la puerta lo que me despertó. Entraron dos mujeres llevando varias cajas con mucha ropa nueva para mí, una de ella me dijo que me vistiera y que bajara al comedor. De tal manera que me vestí y bajé. En el comedor ya estaban las chicas que me acompañaron con excepción de una. Pregunté por ella y una me dijo muy asustada que se la habían llevado la noche anterior. No pregunté nada más.

Tomamos asiento en el comedor, nos sirvieron el desayuno y todas comimos sin decir nada. Unas de las chicas tenían miedo y casi no comieron, otras lloraron, pero nadie se atrevió a hacer ningún comentario. Al poco rato llegó el hombre y nos dijo que podíamos ir a donde quisiéramos en la casa, incluso salir al jardín si lo deseábamos. Algunas salimos a pasear, me di cuenta de que la casa estaba vigilada por hombres muy bien armados, se encontraban alrededor de todo el jardín. Es decir, ni pensar en escapar. Una de las chicas que nos acompañó estaba llorando y diciendo que a la chica que se habían llevado le había pasado algo malo, porque ella escuchó sus gritos. Entonces me acordé que yo también los había escuchado durante la noche.

Esa mañana noté algo raro pues no bajó a comer con nosotras y sentí un poco de temor. Tratamos de calmarnos, aunque nos imaginábamos lo peor. Estábamos asustadas como niñas que éramos, creía que las cosas se habían complicado más de lo que pensábamos. Estuvimos un buen rato en el jardín cuando una de las empleadas nos ofreció algo de comer. Nos dijo que podíamos comer en el jardín si así lo queríamos. Era imposible que ese hombre tan bueno nos hiciera daño. Pensé que debería disfrutar de lo que tenía en ese momento. Se lo dije a las chicas pero ellas pensaban diferente a mí. Comimos y decidimos entrar a ver la casa y buscar a la chica perdida, en caso de que estuviera en algún lugar. No se encontraba rastro alguno de ella por ninguna parte. Decidimos pensar que se la habían llevado y que los gritos habían sido sólo imaginarios. Todas quedamos conformes.

Ya no vimos más a nuestro "dueño". Según nos dijeron, había salido de viaje de negocios. Por varios días no regresó, pero cada mañana encontré una flor en el buró al lado de la cama donde dormía. Le pregunté a la empleada que nos atendía y me dijo que el señor había ordenado que se me pusiera esa flor todos los días y que me atendieran como a una reina. Eso me halagó pero al mismo tiempo sentí un poco de temor.

Una de esas noches volví a escuchar los gritos. Me levanté de prisa, quise abrir la puerta pero estaba asegurada. Traté de abrirla y no pude. Así que regresé a la cama. Al poco rato tocaron mi puerta agresivamente. Con rapidez fui a abrirla pensando que estaba asegurada, pero no era así. Se abrió como si nunca le hubieran puesto seguro. Rápidamente entraron las chicas, estaban muy agitadas y llorando, dijeron que cuando escucharon los gritos salieron asustadas a ver qué pasaba y, claro, vieron que un hombre grandísimo se llevaba a una de las chicas. Salimos a buscarla pero no encontramos ni rastros de ella. Todas estábamos muy temerosas y decidimos quedarnos juntas en la misma habitación.

Por la mañana se abrió la puerta y entró una de las empleadas quien nos dijo que dentro de un rato el señor nos esperaría en el comedor. Nos arreglamos y bajamos. Allí estaba nuestro "dueño" esperándonos. Tenía los ojos muy profundos y unas ojeras grandes. Nos saludó y dijo que esa noche vendrían algunos clientes suyos y que quería que nosotras fuéramos exhibidas.

- ¡Vaya! –pensé- otra venta...

- Isabella -me llamó- tu te quedarás en tu habitación para una ocasión especial.

Me miró con ojos de malicia y yo me sentí muy incómoda. Pensé que me pasaría lo mismo que a mis dos compañeras. No sabía qué era pero me imaginaba que las tendrían en algún lugar encerradas. No protesté, sólo me marché a la habitación que habían asignado. Allí esperé toda la tarde, me llevaron mi cena. Miré hacia afuera mientras llegaban bastantes coches. Parecía que la fiesta era en grande. Me dio curiosidad y quise ir a ver, pero me habían dicho que me quedara en la habitación. Entonces me pregunté ¿qué podría pasar si desobedecía? Con mucho cuidado salí de la habitación y me encaminé con rumbo al sonido de la música. Me escondí donde nadie pudiera verme. Desde allí no podía verlo todo pero si lo suficiente. Los hombres escogían las chicas que les gustaban y las llevaban a una habitación. Ellas gritaban y lloraban, pero nadie tenía compasión. Me asusté muchísimo y regresé a mi habitación. Me recosté en la cama pero cualquier ruido me levantaba.

Pensé en las chicas, todas eran una niñas de doce años y no mayores de catorce. Sentí mucha pena por ellas al recordar cómo gritaban y lloraban. Los hombres disfrutaban al verlas tan niñas y sentí rencor hacia ellos. Pensé que todos los hombres eran unos perros y que sólo nos utilizaban. También recordé a mi padre, creo que desde ese momento sentí un gran odio por todos los hombres.

A la mañana siguiente me desperté muy deprimida. En ese momento entró una empleada y me dijo que el señor ya estaba esperando en el comedor para desayunar conmigo. Colocó un vestido muy ligero y angosto en la cama, sugiriéndome que era orden que lo vistiera en ese momento. Le pregunté por las chicas. Ella sólo me miró, pero no contestó nada sino que se marchó. Luego, ya vestida, bajé y encontré al señor junto con otro hombre. Me miró, dio un salto e hizo un ruido con sus labios, casi como un silbido. No supe de qué hablaban porque no lo hacían en castellano. Creo que era inglés, pero me pareció que me estaba ofreciendo. Después de eso me ordenó que regresara a la habitación. No entendía nada, así que me quedé profundamente dormida en mi alcoba.

Luego, durante la mañana, la empleada entró a la habitación y me dijo que tenía órdenes del señor de ayudarme a preparar mi equipaje. Sin hacer preguntas ayudé a la empleada a empacar todas las cosas que me habían dado. Al salir, un hombre ya me esperaba. Ni siquiera volví a ver al dueño de la casa. Me subieron a un coche y me marché con ese hombre a no sé dónde. Viajamos muchas horas y se me hizo una eternidad. Me quedé dormida en el coche muchas veces.

Al anochecer llegamos a un lugar algo solitario, con casas muy alejadas. Nos bajamos en una casa donde nos recibió una señora de color, madura y muy amable. No le entendía nada, yo sólo quería comer. Sentía un hambre atroz. Ella me hizo la seña con la mano ofreciéndome de comer. Yo rápidamente le dije que si. Después me llevó a una habitación muy chiquita. Me sentía muy incómoda pues nadie hablaba mi idioma y no entendía nada de lo que me preguntaban. Supuse que esa era una casa de prostitución, porque había varias chicas con ese aspecto y yo estaba a punto de convertirme en una de ellas.

Estaba tan cansada que rápidamente me quedé dormida. Por la mañana, me despertaron muy temprano. Tenía que ayudar a preparar el desayuno. Me alegré pues pensé que a lo mejor esta era la ocupación para la que me querían y no para prostituirme. Bajé pronto y comencé ayudar. Al poco tiempo servimos la comida y todo estuvo muy bien. Ayudé todo el día con la limpieza de la casa y en la cocina, me reí y me dije "y yo pensando mal, la señora es muy buena". Pasaron los días y parecía que todo estaba bien, aunque por las noches se oía la fiesta que había en la casa. Llegaban muchos hombres pero a mi no me importaba, yo me encontraba a gusto. Comía bien y tenia un lugar donde dormir, qué más podía pedir! Además, todos me trataban decentemente.

Pero qué lejos estaba yo de la verdad. Era tan inocente que no me imaginaba lo que me esperaba. Pasaron las semanas y yo estaba muy feliz, hasta que un día llegó un hombre de color, muy alto, creo que en sus cuarentas. Yo estaba limpiando la sala y la señora me llamó y me pidió que saludara al señor. Yo muy tímida lo saludé, él me tomó de la mano y me examinó apretando mi cuerpo. No entendí muy bien lo que se dijeron, pero me pareció entender que yo era muy bonita y que mi cuerpo estaba muy bien. Me fui a seguir limpiando, pero me quedé preocupada pensando que a lo mejor estaba equivocada y si me prostituirían. Me preocupé más cuando recordé todo lo que había pasado y la intención con la que mi padre me vendió. Fue entonces cuando todo quedó bien claro. La señora estaba esperando un buen comprador para mí. Me desilusioné totalmente. Bueno, ya no había nada que hacer. Lo único era hacerle frente a lo que viniera.

Esa noche yo esperaba lo peor, pero no pasó nada. Hasta que una noche cuando estaba profundamente dormida sentí que alguien me tocaba el cuerpo. Me desperté muy asustada y allí estaba el hombre de color del otro día. La señora me ordenó que me desvistiera, quise correr pero no me dejaron. El hombre me rompió la ropa, yo grité pidiendo ayuda pero nadie me ayudó. Él se encontraba ebrio, reía como si estuviera jugando, se divertía viéndome asustada y llorando. Entonces la señora se retiró de la habitación riéndose.

El hombre me tomó con una fuerza bruta hasta que estuve completamente desnuda. Luego me tomó por el cuello y pensé que me mataría. Yo me sentía desesperada y le arañé la cara. Él ya enojado me dió una gran bofetada y no supe más de mi. Me desperté en mi cama toda ensangrentada y con el cuerpo y la vagina muy adoloridos. Tenía chupetones por todo el cuerpo y mi cara muy amoratada. La señora me trató de curar la cara. También vino el doctor y me dio algo de tomar. Me dormí profundamente, no sé cuánto tiempo dormí.

Cuando desperté ya no estaba en mi cama, ni en la misma casa. Me sentía muy confundida y deprimida, quería morirme. Al poco rato vino una mujer que hablaba castellano y me preguntó si me sentía mejor. No le contesté nada. Me dijo que me quedaría allí pues yo le había gustado mucho a George y que pensaba quedarse conmigo para hacerme su mujer. No dije nada, yo sólo quería morirme. Quiso que le tuviera confianza y trató de levantarme pero me sentía muy mareada. Me quedé en la cama y dormí un poco más.

Era casi el medio día cuando me levanté. Ya se me había pasado el mareo así que fui a tomar un baño. Me miré en el espejo y mi cara estaba toda moreteada. No pude contener el llanto, pero recordé las palabras de mi madre y traté de contenerme. Le había jurado a mi madre que sería fuerte y sobreviviría.

Cuando salí de la casa todo estaba tranquilo. Ana, así se llamaba la mujer que hablaba español, me ofreció comer y me llevó al comedor. Las dos comimos juntas. Me dijo que George se encontraba de viaje pero que en un par de días regresaría. Me quedé callada por un rato y luego le dije que no quería que regresara nunca.

- ¿Te ha hecho mucho daño? – Me preguntó mirándome a los ojos.

- Me violó, me golpeó, lo odio – Le contesté.

Ella no dijo nada en ese momento y se levantó de la silla.

- Es tardísimo- dijo luego- me voy.

- No te vayas, quédate – le dije afligida.

- Está bien, me quedaré en la habitación de huéspedes – contestó con una sonrisa. Eso me dio mucho gusto, ya no me sentiría tan sola.

Por la noche le pedí a Dios que me concediera la muerte, sentí mucha tristeza en mi corazón, y deje salir mis lágrimas.

Ana se quedó dos días. Me sentía muy a gusto con ella pues me escuchaba y me hacía reír. Le conté toda mi vida, aunque no había mucho que contar, pero me escuchaba como si mi vida hubiera sido emocionante. Creo que sentía mucha pena por mí. Me tocaba con mucho cariño y eso me gustaba, me sentía muy feliz junto a ella.

Una mañana estábamos desayunando y riendo por lo que Ana me contaba. De repente, llegó George y le pidió a Ana que se marchara pues quería estar solo conmigo. Ella obedeció sin decir nada, únicamente me miró. Yo le supliqué con la mirada que no se fuera, pero no pudo hacer nada. George era su jefe y lo tenía que obedecer.

Ella se fue y me quedé sola con mi verdugo. Él me tomó del brazo y me llevó a la habitación. Luego, de un solo empujón me tiró a la cama y me rompió la ropa. Sus ojos parecían los de un demente. No tuve miedo, lo único que deseaba es que me matara, pero lo único que hizo fue golpearme horriblemente. Sentí que me lastimó un brazo porque al moverlo me dolía muchísimo. Mi cara quedó llena de moretones y en mi cuello tenía la marca de sus dientes pues me mordió fuertemente. Mi cuerpo también estaba todo moreteado y mis labios reventados. Me sentía muy mal. Así quedé tirada en la cama toda llena de sangre.

Sólo se levantó y se vistió. Hizo una llamada por teléfono y se fue. Me dejó completamente lastimada, sin importarle darme ninguna clase de ayuda. Me quedé allí acostada boca abajo y comencé a llorar, gritándole a mi padre, deseando que me escuchara: "te odio, te odio". Al poco rato escuché que alguien llegaba y se abrió la puerta con agresividad. Era Ana quien corrió a darme ayuda y muy asustada me levantó y me llevó al baño. Estaba tan enojada que salieron maldiciones de su boca dirigiéndolas a George.

- ¡Perro! Mira cómo te ha dejado. Va ser necesario llevarte a un doctor.

Me subio a su coche y me llevó a un médico conocido de ella. Él no preguntó nada. Parecía que no era la primera vez que había tenido la misma experiencia. Después hizo algunas preguntas y se sorprendió al enterarse de que yo todavía era una niña y que no había tenido mi primer periodo. Ana se sorprendió también. El doctor me curó y me dio algunas medicinas. Ella me llevó de regreso a la casa, me miraba y creo que sentía lástima por mí.

- No te preocupes – me dijo- yo hablaré con George. Estoy segura de que él entenderá.

Con mucha ternura, Ana no se despegó de mí durante los días que estuve convaleciente. Me trató con mucho cariño. George, por su parte, no se apareció por varias semanas. Estuve muy tranquila, me sentía segura al lado de Ana. George llamaba por teléfono casi a diario, quería saber cómo me encontraba. Ana me decía que ya no tuviera miedo, que George había dicho que no me haría lo mismo, que estaba muy apenado por lo que había pasado.

De todas maneras yo no confiaba. Hasta que una tarde llegó George a la casa y sentí mucho temor. Ana me tomó de mi mano y me dijo que estuviera tranquila. Pero el temor me agobiaba y no podía remediarlo. George entró y se dirigió a mí.

- *Sorry* – dijo tomándome de mis manos.

Yo sabía lo que eso significaba. No contesté nada. Solamente lágrimas brotaron de mis ojos. Le pidió a Ana que me dijera que eso no se volvería a repetir. Me dijo muchas cosas, pero yo desconfiaba. Me quedé muda cuando me dijo que quería que yo tuviera hijos con él. Se marchó luego haciendo muchas promesas y le entregó a Ana una gran cantidad de dinero para que me llevara de compras.

Así fue, otro día Ana me llevó y me compró todo lo que quise. Comimos en un lugar muy bonito, siempre me sentía muy a gusto con ella. Los meses pasaron y mi vida al lado de George era un infierno. Pero, por el contrario, al lado de Ana era el cielo. George se ponía agresivo conmigo porque no quedaba encinta. A toda costa quería un hijo. Por información de Ana yo sabia que él ya tenía varios hijos, mucho mayores que yo, pero él quería uno mío. Me abofeteaba porque no veía señal alguna de embarazo. Hasta que un día llegó mi primer período. Ana pensó que a lo mejor ya quedaba encinta. Yo le rogaba a Dios que no fuera así.

Aunque George era un hombre de buen aspecto y tenia unos ojos muy sonrientes, realmente hermosos, pensé que si tenía un hijo suyo sería tan bien parecido como él. Pero su agresividad me quitaba las ganas de tener ese hijo.

En una ocasión se apareció y nos dijo que se iba por mucho tiempo pues tendría que hacer varios negocios en otros lugares muy lejanos. Dejó a Ana encargada de mi cuidado. Me dio gusto que se fuera y creo que Ana sintió lo mismo. Antes del viaje, se encerraron en el estudio y no sé qué tanto hablaron, pero tardaron en salir. Por fin se marchó.

La vida con Ana era toda felicidad, hablábamos de muchas cosas, me contó de su vida, le conté de la mía y de mis sueños. Al principio dormíamos separadas y de repente comenzamos a dormir juntas. La pasábamos muy bien, creo que nunca tuve una amiga como ella. Un día me llevó a su casa y desde entonces ya todo fue diferente, algunos días nos quedábamos en la casa de George y otros en su casa.

En una ocasión Ana decidió llevarme a un lugar a divertirnos. Estando allí me miró a los ojos y me dijo que ese día me enteraría de su vida.

- Hay algo que todavía no te he dicho. Algo que tal vez con tu inocencia no sepas.- Me quedé asustada e intrigada por lo que me diría pero no imaginé nada.

Me llevó de compras para buscar algo adecuado. Por la noche, ella misma se encargó de vestirme, me maquilló y me peinó. Me llevó a un lugar muy raro donde no había hombres y las mujeres me miraban mucho. Ella me tomó del brazo y me llevó a sentarme. Se le acercaron dos mujeres.

-¿Dónde encontraste a esta ricura? -una de ellas le preguntó.

- Ana, no seas malita, déjanos conocer a tu amiga - la otra le dijo.

Ana se enojó y las corrió. Entonces, ella me miró.

- ¿Qué pasa? – le pregunté.
- ¿No te imaginas?
- Pues no.
- Tal vez no. Dudo que sepas de la relación entre dos mujeres.
- ¿Como nosotras?
- Pues si, pero como pareja, es decir, como un hombre y una mujer. ¿Sientes algo por mi? – me preguntó. Yo no podía negarlo, pero me sentía muy confundida.

Ya no habló más. Sólo dejo las cosas como estaban. Pidió unas bebidas muy ricas y después de tomar dos, sintiéndome muy relajada, le pedí que me enseñara a bailar. Ella me llevó y creo que las formas de mi cuerpo llamaban mucho la atención de las otras mujeres pues todas me gritaban. Yo gozaba el baile, me sentía muy bien en brazos de Ana. Pasada la media noche nos retiramos, yo estaba muy tomada y mareada.

Ana me llevó a un hotel cerca del sitio y allí nos quedamos. Cuando llegamos Ana me metió a la regadera para que se me pasara el mareo. Ella se desnudó y se metió conmigo, comenzó a acariciarme y no me molestó, por el contrario, me gustó mucho. Me besó y me enseñó cosas que jamás imaginé. Creo que la soledad me hizo aferrarme a Ana porque ella me protegía y me quería. Pasamos una noche que no sabría explicar. Me gustó pero creo que en el fondo sentía que no era normal. Sin embargo, me encantó querer a Ana. Ella me prometió que ya nunca dejaría que me hicieran daño y yo me aferré a ella. Sentía que al fin tenía a alguien que me quería y me protegía. Regresamos a la casa de George sin decir una palabra, pero nos sentíamos muy felices. Ella me tomaba de mi mano y yo se la apretaba como deseando que no me soltara nunca.

Cuando llegamos me repitió que no tuviera miedo pues la tenía a ella y que no permitiría que nadie me hiciera daño. Yo me sentía feliz. Pasamos unos días increíbles, ella me mimaba, estaba al tanto de lo que pidiera. Es como si para ella no hubiera nadie más que yo. Y así, cada día me aferraba a ella. Le dije que me prometiera que no me dejaría nunca. Ella me abrazó con mucha ternura y me prometió con lágrimas en los ojos que siempre estaría a mi lado. También me prometió que nos marcharíamos de ese lugar antes de que George regresara.

EL ÁNGEL

Hicimos planes para irnos y Ana compró una camioneta grande para viajar cómodas. Realmente, no sé cómo lo haría. Yo no tenía ni un centavo, pero ella me había dicho que no me preocupara por eso, que ella se encargaría. Los días pasaron, nosotros teníamos la seguridad de que George no vendría pronto. Pero una mañana, mientras desayunábamos, llegó. Nosotras nos miramos sin saber qué hacer. Él entró muy agresivo y me tomó del brazo. Le ordenó a Ana que se largara y que lo dejara solo conmigo. Ya imaginaba lo que pasaría, entonces comencé a llorar y le supliqué con mis ojos que no se fuera.

Ella sólo inclino la cabeza y salió por la puerta principal. Él me llevó a la habitación a empujones, me arrojó en la cama y de un tirón me rompió la ropa dejándome semidesnuda. Yo le supliqué que no me lastimara. Él no escuchaba, su cara estaba desfigurada por la lujuria, me tomó del cuello y yo creí que me mataría. En ese momento escuché un ruido, como un golpe y George cayó al suelo. Ana estaba allí y había golpeado a George en la cabeza, lo cual lo dejó inconsciente. La abracé llorando.

- Te dije que no dejaría que nadie te hiciera daño- en ese momento sentí por Ana el amor más grande que nunca había sentido. Con mucha dificultad halamos a George para esconderlo en el sótano. Tratamos de bajarlo con sumo cuidado, pero de repente se nos soltó y rodó por las escaleras. Cuando cayó, bajamos inmediatamente para verlo. Yo tenia mucho miedo, pero Ana se veía fuerte. Así que lo tocó.

- No tengas miedo, está muerto. -Me dijo. Yo comencé a llorar y ella me abrazó.- Debemos apurarnos y marcharnos –dijo.

Rápidamente subimos mi equipaje a la camioneta. Ella se dirigió al estudio de George y yo la seguí. Abrió la gran caja fuerte y sacó grandes cantidades de dinero, joyas y no sé qué tanto más. Yo estaba muy asustada y no pregunté nada. Así nos fuimos a su casa, recogió sus pertenencias y nos marchamos. No sé por cuántas horas anduvimos ni con qué rumbo. Me sentía muy nerviosa. Ella me apretó las manos y notó mi nerviosismo.

- No tengas miedo - me dijo para tranquilizarme- ya pasó todo. Eres libre y estamos juntas, nadie nos separará.

Si me tranquilicé, pero pensé que la policía nos buscaría.
- Nadie nos buscara- ella agregó- George tiene muchos enemigos y no se les ocurrirá que nosotros lo hicimos. No te preocupes.

Ella tenía mucha razón, porque más de uno deseaba su muerte. George estaba metido en muchas cosas ilegales. Además, tenía muchos competidores de su misma calaña. Dejé de preocuparme y pensé en mi futuro con Ana, sería maravilloso.

Pasaron varias horas sin que paráramos en ningún lugar. Le dije a Ana que tenía mucha hambre y paramos en un pueblito muy chico. Llegamos a comer y a comprar algunas cosas. De allí seguimos sin parar hasta el otro día. Le pregunté dónde iríamos y ella me contestó que a California. Cualquier lugar me daba lo mismo, yo no sabía ni dónde estaba. Con

Ana todo era bueno. Me dormí en la camioneta un rato, ya la preocupación se me había quitado, nos encontrábamos muy lejos y, como decía Ana, no sabrían que nosotros matamos a George. Ella era muy lista, ya había planeado todo.

Alrededor de la media noche paramos para ponerle gasolina al auto y ella fue a buscar un teléfono. No sé a quién le habló, yo tampoco pregunté. Nos marchamos y bajamos a una carretera sin pavimento, había tantos hoyos que el coche se movía demasiado. Llegamos a un lugar desértico, con muy pocas casas y nos quedamos en una muy descuidada, rodeada de cosas y muebles viejos y quebrados. Bajamos de la camioneta y nos dirigimos hacia la entrada.

Tan pronto Ana abrió la puerta, vimos varias personas muy sucias. Entre ellas había una mujer vieja y maloliente. Me ofrecieron sentarme y Ana se metió a una de las habitaciones de la casa, dijo que necesitaba hablar de negocios con algunos de los hombres. Me imaginé entonces qué clase de negocios serían aquellos!

Uno de los hombres me miraba feo, tenía una sonrisa muy maliciosa, me hacía señas y me aventaba besos. Me preguntó cuántos años tenía y yo no le contesté. También me preguntó si Ana era mi madre y le dije que si con la cabeza. Me puso nerviosa con tantas preguntas, además, poco a poco se acercó mas a mi, haciéndome preguntas sucias. Me sentía muy incomoda así que me levanté para buscar a Ana. Ella salió de la habitación abotonándose la blusa y me preguntó qué pasaba. Le contesté muy asustada que un hombre me estaba molestando y muy enojada salió a la sala y preguntó quién me estaba molestando.

El hombre muy cínico le dijo que sólo le había hecho unas preguntas a su hijita, que no se asustara. Ana, ya muy enojada, se acercó al hombre para abofetearlo. Pero el hombre que estaba con ella en la habitación la tomó por el brazo y le dijo que no lo hiciera. El hombre que me había acosado se rió de manera cínica. Así que Ana se dirigió a la puerta y yo la seguí.

El hombre que estaba con ella también nos siguió, se subió a la camioneta con nosotros y Ana, sin decir nada, comenzó a conducir. Él le dio indicaciones por dónde ir, mientras que yo no sabía qué intenciones tenían.

Llegamos a una casa rodante vieja y Ana me dijo que la esperara allí en la camioneta. Bajaron y entraron a esa casa donde duraron un buen rato. Después salieron y otro hombre los acompañaba.

- Esa es la niña, ¿podrás? – dijo ella.

El hombre se acercó y me vio. Yo miré a Ana queriendo que me dijera algo, pero ella solo me dijo que estuviera tranquila y que no imaginara nada. Ana sabía lo que estaba haciendo. Se fueron a la casa por segunda vez, ya habían tardado demasiado y yo me estaba desesperando. Pero al fin salieron de nuevo y Ana se veía contenta. Nos retiramos con rumbo a la primera casa en la que habíamos estado. Allí se bajó el hombre, se despidió de nosotras y nos marchamos.

-¿Qué ha pasado? – le dije a Ana mirándola.
- Tranquila, sólo llegamos por tus documentos- me contestó.
- ¿Cómo? -le pregunté sorprendida.

Ella sólo sonrió y me sugirió que mirara en su bolso. Saqué unos papeles y me quedé asustada. Había un acta de nacimiento donde constaba que yo era hija de ella y otros papeles con mi nombre. Ana era excelente, me acerqué a ella y le di un beso en la mejilla agradeciéndole. Viajamos por varios días y aunque el viaje fue largo, no me aburrí, pues llegábamos a descansar. Ana era maravillosa conmigo, me mimaba mucho y yo me sentía querida por alguien. Por fin, una mañana llegamos a California.

- Tendremos que buscar un lugar para instalarnos, iremos al norte allí es muy bonito – me dijo.

- ¿Podríamos vivir cerca del mar? – le pregunté.
- Claro, donde tu quieras – Ella, muy complaciente, me contestó.

Viajamos por toda la costa del mar, me parecía precioso, nunca lo había visto antes. Llegamos a pueblo tras pueblo, buscando el mejor, hasta que llegamos a uno muy bonito. No era muy grande y ese nos gustó. Estaba cerca de San Francisco. Yo me sentía muy contenta, encontramos una casita de lo más linda, con dos habitaciones, muy cómoda, casi al lado del mar.

Ana me complacía en todo. Nos instalamos muy fácilmente, conseguimos muebles y todo lo que una casa necesita. Ana me acomodó mi habitación de forma muy hermosa y luego me sentó en la sala diciéndome que tenía que hablar muy seriamente conmigo. Yo me asusté.

- Calma, sólo tienes que escucharme muy bien – dijo mientras me tomaba de los hombros – fíjate, desde ahora me llamaras Mamá y tendrás que ir a la escuela

Yo la miraba con mis ojos muy abiertos No sabía qué decir, nunca había asistido a una escuela. Se lo comenté, pero ella me tranquilizó y me dijo que haría algo para ayudarme en ese aspecto.

La relación entre Ana y yo seguía adelante, éramos amantes en la noche y madre e hija en el día. A mí me parecía muy normal, no conocía otra vida. Además, era muy feliz a su lado. Ella me protegía, se preocupaba por mí, me dolía pensar en mi madre y compararla con Ana. Qué lejos estaban de parecerse, mi madre era cobarde y sumisa, en cambio Ana era valiente y audaz. Mi madre nunca me protegió como lo hacía Ana, pero era mi madre y la amaba. Sentía mucha pena por ella y finalmente en mi pueblo la costumbre era esa.

Ana cumplió su promesa, contrató a una maestra para que me diera clases y me pusiera al nivel de estudio para así poder asistir a la escuela. En primer lugar no hablaba el idioma del país, al principio se me hizo muy difícil, pero después todo se facilitó.

Las semanas pasaron y la maestra pensó que yo ya estaba preparada para asistir a clases. Yo me sentía muy nerviosa. Ana compró todo lo necesario para que yo asistiera a la escuela. El primer día de clases fue un desastre. Aunque ya entendía algo del idioma, las chicas igual se reían de mí. No hice ninguna amiga. La primera semana fue dura pues no me acostumbraba a mi nueva vida. Sólo hasta la tercera semana comencé a hablar con un chico que hablaba español, de nombre Andrés, descendiente de padres sudamericanos. Nos hicimos amigos y me comentó que las chicas tenían envidia de mi belleza y me dijo que no les hiciera caso. Él tenía otra amiga y dijo que me la presentaría. Parecía que toda mi vida estaba resuelta, tenía un amigo y pronto tendría a una amiga, me sentía contenta.

Andrés se convirtió en mi mejor amigo, pero creo que él comenzó a tener otro sentimiento hacia mí. Yo le tenía aprecio como amigo, realmente él no sabía nada de mí y tampoco sabía lo que sentía hacia los hombres. Yo nunca había tenido un hombre que me cuidara o que me mimara. Los que se habían acercado a mí sólo me utilizaron, comenzando por mi propio padre. Siempre creí que el hombre era una mala creación y que eran todos muy malos, desconfiaba de ellos. Ana conocía mis sentimientos y no se preocupaba porque yo sintiera lo contrario hacia Andrés, ni tampoco se molestaba porque lo tuviera como un buen amigo.

Todo parecía normal, en mi casa Ana era mi madre comprensiva, pero por las noches éramos amantes. Nadie por la escuela se imaginaba la doble vida que yo tenía. Allí todo seguía igual, ninguna de las chicas se acercaba a mí, me trataban con desprecio, pero a mí no me importaba, tenía a mi amigo y él no se separaba de mi. Nos divertíamos mucho, me presentó a Adela quien me pareció muy simpática.

Hablaba muy poco español, pero era muy amable y también nos hicimos buenas amigas, en realidad los tres nos volvimos inseparables.

El tiempo pasó y el inglés lo hablaba con facilidad. Ana estaba muy orgullosa de mí, pronto llegaría al 'high school' o secundaría y eso me enorgullecía. Pensar que hacía muy poco tiempo había salido de mi pueblo y ya era otra persona. En poco tiempo cumpliría los quince años y Ana me haría una fiesta. Yo estaba emocionada, nunca había celebrado mi cumpleaños y ella me había comprado un hermoso vestido y zapatillas color rosa para ello. Una noche, ella me preguntó si yo era feliz y si no me arrepentía de estar con ella. Llorando la abracé.

- Tú eres lo mejor que me ha pasado en toda mi vida, no quiero que nos separemos nunca – le contesté y las dos lloramos muy abrazadas.

Me dijo que le pidiera lo que yo quisiera para mi cumpleaños. De hecho, yo siempre había querido pedirle algo pero no me había atrevido y le dije con un poco de temor que quería ver a mi madre y hermanos.

- ¿Pero, cómo? Creí que eras feliz conmigo -Ella me miró sorprendida.

- No, no deseo irme de tu lado. Lo que quiero es que hagas la promesa de que me llevarás algún día a buscarlos -le contesté. Ella sonrió y me abrazó.

- Yo te prometo que lo haré, si no muero antes de llevarte a buscar a tu familia.

Eso me tranquilizó. Me prometió que haríamos planes para ir de vacaciones a México.

Mis enseñanzas en la escuela seguían progresando. Ana hacía todo para ayudarme, contrataba maestros para que me dieran clases particulares y yo ponía todo mi empeño.

Ella también me enseñaba cosas fuera de lo normal para una jovencita de catorce años, pero a mi me parecían muy normales. Ella me aconsejaba que no le contara a nadie de lo que hacíamos en casa y yo obedecía todo lo que ella me decía, pues la admiraba y creía que ella era más inteligente que nadie, así que no quería defraudarla... la quería tanto.

Un sábado por la mañana Ana se levanto muy temprano. Yo me quedé dormida pensando que estaría afuera en el jardín regando las flores. Al poco tiempo, me levantaron unos golpes fuertes en la puerta. Llamé a Ana para que abriera, pero no escuché nadie en la casa. ¿Pues donde andas mujer?, me pregunté y salí a ver quién era. Se trataba de un vendedor y me molestó que me despertara. Entonces busqué a Ana y no la encontré por ningún lado. Revisé su habitación y me di cuenta de que faltaban unas cosas, entonces me fui al jardín pero tampoco la encontré. Luego, cuando fui a la cocina a buscar algo para comer, sobre la mesa encontré un sobre con un papel dentro. Era de Ana para mí. Me decía: "Muñeca, estaré unos días por fuera. No te preocupes, sólo voy a hacer algunos negocios. El dinero se está acabando y tengo que hacer algo para poder mantenernos. Invita a tus amigos para que no estés sola, no sé cuantos días estaré de viaje, no dejes de ir a la escuela y yo te hablare por teléfono. Toma dinero si necesitas algo, te amo... Ana".

Sentí temor por ella, una fea corazonada, realmente estaba preocupada. Le hablé a mis amigos para que vinieran a acompañarme, pero los días fueron horribles sin Ana, ya pasaba más de una semana y yo no sabía nada de ella. Una noche me dormí en la sala esperándola y en la madrugada escuché el ruido de un coche. Salte hacia a la ventana, era Ana! Con rapidez, salí corriendo a encontrarla y la abracé. Ella muy contenta me abrazó riendo.

- Ya, ya estoy aquí – Dijo mientras traía una maleta grande que yo nunca había visto - vamos para adentro.

Llegamos a su habitación, yo estaba llena de preguntas y ella me tapó la boca para que ya no hablara más. Sólo abrió la maleta y sacó muchísimo dinero, tanto que me asusté. Eran miles de dólares. Le pregunté de dónde había sacado ese dinero y me dijo que no me preocupara, que era dinero que le debían.

- Con este dinero tendremos para vivir sin ningún problema, nos compraremos una vivienda y viviremos modestamente. Trataremos de ahorrar.

Ana era muy inteligente y ella sabría qué hacer por el bien de las dos, así que compró una casa con mucho espacio, pero muy cómoda. Cuando Ana estuvo por fuera comprendí que mi vida sin ella era imposible. Sentí que me quedaría sola.

Pasó el tiempo y Ana me celebró mis quince años con una fiesta grande, ya en la escuela tenía varias amigas gracias a Andrés. Mi vida era toda felicidad, pensé que me duraría por siempre, pero qué tan pronto me vendría una gran tragedia.

Ya habían pasado casi seis meses de la fiesta de quince años. Esa mañana noté a Ana muy nerviosa, pero no pregunté nada. Me despedí de ella para irme a la escuela, me dio un abrazo y me dijo que me cuidara, que no tardara a la hora de salida. En la escuela estuve muy inquieta y no me concentraba en mis clases, por la tarde me sentí ansiosa y con ganas de salir pronto. En cuanto se escuchó el timbre de la salida, casi corriendo salí con dirección a casa. Sentía un gran nudo en mi garganta y mi corazón estaba acongojado en mi pecho. Al llegar a casa, noté que había unos coches casi parecidos a los que tenía George. Me asusté, así que no entré a la casa sino que me dirigí al patio de atrás. Me introduje al sótano pues desde allí se podía escuchar todo lo que se hablara dentro. Sin hacer ningún ruido me senté muy asustada, tampoco encendí la luz, y escuche que le hacían preguntas a Ana. Ella gritaba y yo no podía ver lo que le hacían, pero me imagine que le estaban haciendo daño.

Le preguntaban por mi y ella les dijo que me había vendido en Las Vegas. Mi pobre Ana en ningún momento me delató, los hombres se desesperaron y decidieron marcharse. Rápidamente salí y me escondí detrás de unos matorrales para verlos, eran cuatro hombres de color, yo reconocí a dos, los había visto en la casa de George, eran parientes y empleados de él. Me asusté mucho así que me retiré de la casa corriendo. De repente me acordé de Ana y regresé corriendo. Entré por la puerta de la cocina y allí estaba ella, amarrada a una silla, muy golpeada y desangrándose, le habían cortado las venas de un brazo. Yo no sabía qué hacer y le hablé a mi amigo Andrés, quien me aconsejó que le hablara a la policía. Ellos llegaron rápidamente y llegó también una ambulancia. Llevaron a Ana a un hospital pues se estaba muriendo. Ella pidió hablar conmigo.

- Si muero –me dijo al oído- busca una maleta que dejé para ti en el sótano. Encontrarás lo que vas a necesitar para salir adelante sin mí y sin mi guía. Te amo- me dijo por último.

El doctor me sacó de la habitación y yo lloraba desesperadamente. Mi amigo Andrés no sabía qué hacer para consolarme. Al poco rato salió el doctor y nos dijo que Ana acababa de morir. Sentí que todo me daba vueltas y perdí el sentido. Cuando desperté estaba en una cama del hospital, de repente no supe dónde me encontraba, pero me acordé de la tragedia que estaba ocurriendo y comencé a llorar. Mi amigo no se separaba de mí y lloraba conmigo. Sola, me preguntaba ¿y ahora qué haré sin Ana?

El padre de Andrés me ayudó a preparar todo lo del funeral, yo no tenía cabeza para nada. Al ver a Ana en el sepulcro, creo que la gente sentía lástima por mí, lloraban cuando me veían llorar.

Ya tenía una semana de muerta mi Ana y yo todavía no asistía a la escuela. No sentía ganas de nada, ni siquiera de comer. Recordé entonces la maleta, así que me levanté de la cama y me dirigí al sótano, busqué por todos lados la dichosa maleta y no la encontraba. Pensé que Ana tal vez estaba tan enferma que ya no sabía lo que decía. Ya me iba cuando pisé una tabla y por poco caigo. Me asomé hacia abajo y ví que debajo de la tabla algo brillaba. Me agaché y traté de quitar la tabla, pero estaba clavada. Busqué algo para quitar los clavos y encontré un martillo. Con mucha dificultad las quité, allí estaba la maleta de aluminio que Ana había dejando muy escondida. La llevé a mi habitación para ver su contenido, parecía que Ana ya sabía lo que le pasaría, porque se notaba que la maleta tenía poco de haber sido guardada. Allí había joyas de las que ya sabía su valor. Ana un día me lo había dicho, eran muy valiosas. También había una cantidad de dinero, alrededor de treinta mil dólares en efectivo, y la documentación de la casa donde me nombraba única propietaria. Me quedé asombrada por lo mucho que ella me quería y las lágrimas llenaron mis ojos.

Entre las cosas que encontré había una carta que ella escribió para mí, la abrí y me llené de ternura al leerla. Decía así: "Sé que ya partí para el otro mundo, nunca te quise decir nada, pero la familia de George ya anda cerca. No sé cómo pasó pero ya nos han localizado. Tienes que tener mucho cuidado, vete por algún tiempo de aquí, para que te pierdan la pista. Pensé en ti antes, pero algún día tendría que pasar. Habla con la señora Smith para que te aconseje qué hacer con tu casa, la que siempre fue tuya. Vete a Los Ángeles a la dirección que te dejo escrita aquí abajo y pregunta por la señora Susana. Es una amiga mía, ella te ayudará y te guiará, pero no confíes mucho en ella porque le gusta demasiado el dinero. Dale dos mil dólares y te tratará como reina. Llévale la carta que dejo para ella, dile que eres mi hija, ella te creerá porque yo le he hablado de ti. No dejes la escuela, sigue estudiando que allí está tu futuro, no dejes de estudiar hasta que termines la carrera que siempre has querido. Me preocupas mucho, no dejes que nadie se aproveche de ti, has tu voluntad, yo estaré contigo siempre. Me llevo conmigo el amor que siento por ti, cuídate, mi niña. Te amo, Ana."

Me asusté. En ese momento le hablé a la señora Smith, le dije que me iría a otro lugar con una tía, ella me dijo que eso era lo mejor pues no era bueno que estuviese sola. Entonces me aconsejó que rentara mi casa, que ella se encargaría de todo y me pondría el dinero en una cuenta de banco. Sus consejos realmente me ayudaron. Mis amigos se pusieron muy tristes al saber que me iría, especialmente Andrés y Adela, pero tendría que hacer lo que Ana me había recomendado. Aunque ella ya había muerto, yo sentía su presencia cerca de mí, la carta que me había dejado era una orden que yo recibía de ella. Aunque realmente no quería irme, Ana sabía lo que hacía y todo era por mi bien.

Me tomó dos días para arreglar todo, la señora Smith se encargó de los detalles concernientes a mi casa. Me dijo que esperaría para ver que decidía hacer con todos los muebles y otras cosas. Mis amigos, por su parte, me llevaron a tomar el autobús para partir a Los Ángeles, la despedida fue muy triste, pero prometí volver.

CIUDAD DE ÁNGELES

Llegando a Los Ángeles, me pareció que la ciudad era enorme y llena de gente. Al principio pensé que me perdería, pero llevaba la dirección de doña Susana, bajé del autobús y busqué la manera de ir a su casa. Un señor muy amable me dijo que me llevaría y aunque se veía buena gente preferí desconfiar. Sin embargo, parece que le causé un poco de lástima o a la mejor Ana me cuidaba por medio de él. Ya era tarde, la noche había caído y sentí temor.

- Bonita, no tengas miedo. Yo tengo hijas de tu edad y jamás te haría daño. Yo te llevo, ten confianza en mí - me dijo. El buen señor me inspiró confianza y decidí irme con él.

Sin ninguna falta de respeto me llevó a la dirección que yo buscaba. También me dijo que si necesitaba la ayuda de alguien podía buscar a Pepe, allí mismo donde lo había encontrado. Añadió que todos los taxistas lo conocían. Yo le agradecí profundamente su atención. Al llegar a la casa que buscaba, bajé del coche y me acerqué a la puerta para tocar el timbre. Me abrió un joven.

- Mira, mira, pero qué cosa tenemos aquí! – dijo mientras me miraba.

Me sentí incómoda, su aliento y todo lo suyo olía a alcohol. Inmediatamente pregunté por doña Susana.

- Ahora le hablo- dijo sin dejar de mirarme. De repente se volteo y gritó - ¡Madre! Te hablan – Giró de nuevo – pasa – me dijo.

Con mucha desconfianza entré y me senté en un sofá viejo. Él no dejaba de hacerme preguntas. Al rato salió una mujer.

- ¿Y tú, quien eres? – preguntó.
- Soy hija de Ana. Su amiga- le dije.
- Ah, mi comadre. Si ya me había hablado de ti. ¿Y ella? – preguntó.
- Falleció – le contesté.
- ¿Y? – dijo. Entonces yo le entregué la carta que Ana le había dejando.
- Bueno, niña pero no pensaras que yo te mantenga. Dijo después de leerla.
- Claro que no –le contesté y le entregué los dos mil dólares que Ana me había indicado que le diera.

A su hijo les brillaron los ojos cuando vio el dinero. Me lo arrebató.
- Vaya niña, así si te podrás quedar – dijo. En seguida, me llevó a una habitación sucia y maloliente.
- Por lo pronto aquí dormirás. Pero tendrás que trabajar para que me pagues la renta – dijo.

Me quedé en la habitación sola, me dejé caer en la cama que había allí. " Ay, Ana, a qué lugar me has enviado. Estas personas son unos alacranes. Perdóname, pero creo que no duraré mucho en este lugar" pensé. Me quedé un rato recostada pensando qué haría. Estaba sola y tenía que buscarme un lugar seguro para vivir. Decidí no esperar y buscar otro sitio inmediatamente. Aseguré la puerta y mi maleta, no quería perderla pues allí guardaba una parte de mi dinero. Me acosté y me quedé dormida, pero me despertó un gran olor a licor. Cuando abrí los ojos me llené de miedo. Era el hijo de la señora

Susana quien estaba a un lado de mi, con su cara muy cerca a la mía.

- Qué onda, mi alma. ¿Te sientes solita? - dijo mientras se montaba sobre mi. No tengas miedo, chiquita –siguió hablando- vengo a acompañarte.

Traté de zafarme pero él me lo impidió. Era muy fuerte, casi como George. Traté de gritar pero él tapó mi boca con mucha fuerza.

- No grites, chiquita, te gustará lo que te voy hacer – dijo mirándome con burla. –Le dije no me haga daño Le daré dinero si me suelta – al decir yo esto, me miró con interés.
- ¿Dinero, cuanto? – preguntó. Me soltó con rapidez y yo traté de salir pero él me lo impidió. – Mira, chiquita, si mi madre sabe que traes más dinero no sabes de lo que es capaz de hacer. Te lo quitará y quién sabe qué haga contigo. Te vale más que compartas conmigo lo que tengas y así te dejaré ir.

Saqué mi bolso y el dinero que traía allí. Eran más de seis mi dólares. Él me los quitó rápidamente.
- No te dejaré sin nada – me dijo. Así que me regresó cien dólares - Con eso regresaras de donde vienes.
- Gracias – le dije.
- Vete antes de que mi madre se de cuenta – respondió.

Tomé mis cosas y corrí hacia la puerta de salida. Él se quedó sentado en la cama y yo salí sin rumbo, no sabiendo a dónde ir. Llegué a un pequeño parque y me quedé escondida entre unos matorrales hasta que amaneció. Pensé buscar una vivienda, pero se me hacia tan difícil hacerlo en una ciudad tan grande. Caminé tanto que ya no sentía mis pies. Recordé al señor muy amable que me había ayudado a encontrar la dirección y hasta allí me había llevado. Decidí ir a buscarlo, yo no estaba my lejos de donde él se encontraba. Llegué y pregunté por Pepe. Me dijeron que regresaría por la tarde.

Decidí esperarlo y allí me quedé hasta que llegó. Le dijeron que yo lo buscaba y él me encontró.

- Isabellita. ¿qué te paso? – me dijo sorprendido.

El buen hombre se mostraba preocupado por mi. Le conté lo que me había sucedido. Entonces me preguntó por mi edad y me djio que siendo tan joven no podría rentar nada. Le pedí ayuda y él se quedo mirándome.

- Está bien, Isabellita. No te quiero ver en peligro y sola en la calle. Buscamos un departamento en Hollywood, a buen precio y muy chico pero bien seguro.

Este señor, seguramente enviado del cielo para ayudarme, nunca me abandonó, siempre estuvo al tanto de lo que yo necesitaba sin esperar nada a cambio.

Me instalé en mi pequeño departamento y le pedí a mí nuevo amigo, Pepe, que me ayudara a inscribirme en la escuela. Sin negarme nada, me ayudó haciéndose pasar por mi tío y así fácilmente me inscribí.

Aunque trataba de ahorrar, sabía que el dinero se me acabaría algún día, así que hacía todo lo posible por no gastar mucho, sino que me restringía a lo que estrictamente necesitara. De todas maneras, me ponía a pensar qué haría cuando se me acabara. Aún me faltaba mucho para terminar la escuela, tenía que pagar renta, comida y otras cosas básicas. Pensé que tendría que conseguir un trabajo donde ganara para los gastos y de esta forma guardar el dinero que me quedaba. Le había prometido a Ana que no dejaría la escuela y que iría a la universidad, pero ¿cómo?...¿dónde tomaría dinero para la universidad?

Por varios días pensé qué hacer, la única forma era buscar un trabajo, pero todavía no tenia ni los dieciséis años de edad, quien me daría trabajo. Necesitaba buscar algo y pronto. Le hablé por teléfono a la señora Smith, ella prometió ayudarme, dijo que vendería todo lo de la casa y que lo del arriendo de la casa sería una gran ayuda. De cualquier manera necesitaría mucho más para ir a la universidad.

Esa tarde del sábado me sentía deprimida y decidí ir a dar una larga caminata por las calles de Hollywood. Era divertido ver la gente y las tiendas, en particular un sitio me llamó la atención donde afuera había unos cartelones de unas chicas vestidas con muy poca ropa. Recordé cuando a mí se me vistió de esa manera cuando fui vendida. De repente salió un hombre y se quedó mirándome.

- Esas chicas hacen muchísimo dinero, con solo bailar - y agregó- no te gustaría hacer a ti lo mismo? Eres preciosa, serías la reina de este lugar. - sólo le miré y seguí mi camino, muy enojada.

Pensé: "¡viejo cochino, cómo se atreve!" Pero la espinita me quedó, especialmente tenía grabado eso de que ganan muchísimo dinero. Por lo pronto me olvidé del asunto. Aunque no aceptaba que yo hiciera eso, ya estando en mi departamento pensé: "bueno, creo que no estaría mal la idea, además no creo que haga nada malo si sólo bailo". Pero ni siquiera sabía bailar! Busqué a mi amigo Pepe, creyendo que el buen hombre me aconsejaría bién. Me daba vergüenza contárselo, cuando lo encontré no sabía por dónde empezar.

- Necesito tu consejo –le dije. Él me miró.
- Bueno niña, dime, si necesitas mi ayuda te la daré.
Primero le conté mi problema del dinero, él pensó que era dinero lo que le quería pedir, pero le quité la duda diciéndole que no se equivocara, que no era dinero sino consejo. Le conté sobre mis intenciones .

- Pero, mi niña, cómo vas a hacer eso- me dijo sorprendido. Le expliqué que era la única manera en que podría ganar mucho dinero para pagar la universidad.

- Bueno, si, pero, no te imagino haciendo eso.

- Espera, hay niveles de niveles, me imagino que como hay restaurantes de baja categoría y de alta categoría, ¿no?" Yo quiero ser bailarina de alta categoría, en un muy buen lugar.

- Vaya con mi niña, si no eres tan tonta. Ya entendí, pero para eso tendremos que invertir una buena lana.

- ¿Cómo cuánto crees?"

- ¿Sabes bailar? – preguntó después de quedarse callado por un momento.

- No muy bien – le contesté haciendo una mueca.

- Tendremos que buscar quién te de clases. Por tu apariencia no te tienes que preocupar, eres muy pero muy bonita - de repente dijo muy entusiasmado - ah! ya tengo a la persona que nos podrá ayudar, ven y súbete al coche.

- ¿Quién? – le pregunté.

- No preguntes, ahora entenderás – dijo y de inmediato nos dirigimos al Boulevard Pico. Llegamos a un edificio de departamentos algo viejo y estacionó su coche.

- Baja – me dijo. Yo, muy sorprendida por su entusiasmo, lo seguí sin preguntar nada.

Llegamos a una puerta donde estaba un anuncio pequeño que decía "se dan clase de baile de cualquier estilo." Más abajo decía "también se cuidan niños". Lo miré y me puse contenta de tenerlo como amigo, era una buena persona y lo comenzaba a estimar. Tocamos el timbre. Una mujer o un hombre de unos cincuenta años nos abrió.

- ¡Josesito! – exclamó.- Dichosos los ojos que te ven. – y se dieron un abrazo.

- ¿Y esta ricura, quién es? – me preguntó al mirarme. En ese momento me di cuenta que era un hombre vestido de mujer, entonces me tomó de la mano.

- ¿Quieres aprender a bailar, linda? – me preguntó.

- Tenemos un gran negocio contigo Ceci, ella te explicara – dijo mi amigo Pepe - Dile todo lo que tengas en mente, yo regreso al rato por ti. Mi amigo se marchó, yo me quedé y tomé asiento.

- Vamos a platicar porque mi plan es muy en serio - le conté mi intención - ¿Si crees que no puedes hacerlo, dímelo desde ahora, porque no quiero perder mi tiempo. Te pagaré muy bien si me enseñas a bailar como una profesional. No me importa cuánto tiempo me tarde. me contesto:

- Dime una cosa niña, ¿y tienes dinero? Porque esto no es barato.

- Bien y ¿cuánto me cobraras?

- Te asustarás cuando te diga - dijo y rió a carcajadas. Yo le hice una señal para que me dijera.

- Cinco mil dólares.

- Bien ¿cuando comenzamos?

- Mañana mismo –dijo bien sorprendido.

- Mañana mismo te traeré la mitad del dinero y la otra mitad cuando termine las clases.

Me ofreció algo de tomar y se lo acepté. Cuando se marchó a la cocina me levanté a ver los cuadros y las decoraciones. Me di cuenta de que este hombre era profesional en el baile, tenía trofeos, fotos y cantidad de reconocimientos como bailarín profesional. Pensé: "creo que estoy en muy buenas manos". Llegó con dos refrescos en las manos.

- ¿Ya miraste que si sé bailar? – preguntó. Estuvimos un buen rato conversando y hasta nos hicimos amigos, nos caímos muy bien.

La escuela en la mañana y las clases de baile en la tarde, esa era mi rutina diaria. Me mantenían muy ocupada, ya habían pasado tres meses desde que Ceci, mi maestro de baile, me daba clases y según él estaba muy avanzada. Me gustaba y creo que lo hacía muy bien. Ceci me traía un nuevo vestuario a menudo. Aparte de bailarín diseñaba trajes muy bonitos, era muy creativo y mi vestuario crecía.

El tiempo pasaba y yo cada día progresaba con la ayuda de mi amigo Pepe y de Ceci. También maduraba. Hasta que Ceci me dijo que ya estaba lista para bailar y que lo hacía mejor que él. Entonces cuando nos dedicamos a buscar un lugar adecuado para que yo bailara. Tendría que ser un lugar de muy alta categoría, era lo que decían mis amigos y yo estaba de acuerdo con ellos. Me preocupaba mi edad, parecía mayor pero me hacia falta un documento para comprobar que tenía la edad para bailar legalmente.

Mi amigo me dijo que no me preocupara, que él se haría cargo de eso pues conocía mucha gente. Resolvió el problema con facilidad, me consiguió toda clase de documento donde comprobaba que tenía veinte años de edad y, por lo tanto, el derecho de trabajar en el país. Mis amigos eran sensacionales, di gracias a Dios por tenerlos.

La demora en encontrar el lugar adecuado me estaba desesperando. Finalmente, decidimos poner un anuncio en el periódico. A la siguiente semana recibí las primeras llamadas, las cuales rechacé. Unas propuestas eran atractivas y otras ridículas. Hasta que apareció la oportunidad que esperaba. Un martes muy temprano me llamó una mujer con un tono de voz muy autoritario. Dijo que quería verme bailar, que el trabajo era muy bien pago y de muy alta categoría, claro si llenaba los requisitos. Me citó para ese mismo día por la tarde. Muy emocionada, corrí a buscar a mis amigos. Ceci decidió que los dos me acompañarían, por eso de las trampas. Estuve de acuerdo y di gracias a Dios por tener tan buenos amigos.

Llegó la hora de la cita, con puntualidad nos presentamos a la dirección que nos habían dado. Nos atendió un anciano quien me miró e hizo una mueca de gusto. También me guiñó un ojo. Nos hizo pasar a un saloncito y allí esperamos. Al poco tiempo, salió la mujer que habló conmigo por teléfono. Me llamó a una pequeña oficina y mis amigos no quisieron dejarme sola. Aunque la mujer protestó pues quería hablar a solas conmigo, yo le dije que sin ellos yo no hablaría con ella.

Haciendo una mueca de disconformidad aceptó, entramos y tomamos asiento. Ella, sin hacerlo, me llamó para que me le acercara. Yo miré a mi amigo y él me hizo una señal para que lo hiciera. Me levanté y me acerqué. Me tomó de la mano y me llevó a una puerta que conducía a un vestidor.

- Quiero ver tu gusto de vestir. Escoge una prenda, la que m[as te guste y cámbiate con ella – dijo.

Entré y miré, había tantas prendas que no sabía cual escoger. Todas eran muy bonitas. Por fin tuve una idea, abrí la puerta y llamé a mi amigo Ceci, Le pregunté por la maleta donde traíamos varias prendas que él mismo había diseñado y le pedí que el me ayudara a vestir. La mujer no protestó. Él sacó la prenda más bonita y me ayudó a ponérmela.

- Ay, hija, eres tan hermosa que si yo fuera hombre me prendería de ti - me dijo mi amigo haciéndome una broma. Salimos a ver a la señora y ella no reconoció la prenda.
- Esa prenda no es de las mías –dijo.
- No, esta prenda y muchas más son creación de mi amigo – le contesté señalándolo.
- Es muy bonita, pero tú eres más todavía. Creo que con cualquier prenda lucirías hermosa - nos llevó a un gran salón para que bailara - ¿Qué sabes bailar?
- Lo que quiera – Al decir esto, mi amigo Ceci me miró con orgullo. Consiguió un disco de música variada, la música sonó y yo comencé a moverme a su ritmo.

Creo que bailé como nunca, mientras lo hacía, poco a poco, se juntó todo el personal para verme, estaban con la boca abierta, incluyendo a la señora que me quería emplear. Al terminar de bailar, todos aplaudieron con entusiasmo.

- ¡Bravo, bravo! – gritaron.

Se abrió una gran ventana de arriba que yo ignoraba que existía, pues allí había una oficina. Un hombre maduro se asomó, quien también me aplaudió. Le gritó a la mujer diciéndole que me subiera donde él estaba. De inmediato, nos dirigimos hacia allí. Ella insistió en que yo tendría que ir sola y le hice una señal a mi amigo indicándole que yo tenía todo controlado. Entré y el hombre me tomó de la mano felicitándome por mi habilidad para el baile. También quiso ser amable y quiso abrazarme pero yo le rechacé.

- Niña, pórtate bien y te irá muy bien – dijo.
- Yo estoy aquí para trabajar y creo que le mostré mi talento. Además, yo tengo quien me represente - le contesté fuertemente. Él miró a la señora.
- Déjanos solos – le dijo a la señora. Ella salió muy de prisa y con mucho temor.

Él trató de seducirme y quiso besarme. Yo lo aventé y salí del cuarto muy enojada.

- Vamos, aquí no necesitan una bailarina, son unos degenerados -le dije a mis amigos.

Salimos del lugar y mis amigos se encontraban muy enojados. Mi amigo me dio su abrigo para que me cubriera y cuando nos disponíamos a subir al coche, la señora corrió detrás de nosotros gritando y diciendo que su jefe quería hablar con nosotros.

- Dígale a su jefe que se vaya al infierno - le dije groseramente.

Cuando abordamos el coche y nos retiramos la señora seguía gritando, pero ya no le hicimos caso. Parece que el hombre de ese lugar donde di la demostración de baile estaba interesado en mi, porque me llamaba a diario. No sé cómo consiguió mi dirección, me envió flores implorando mi perdón y quería que trabajara con él. Fui a buscar a mis amigos y les dije lo que estaba pasando. Ellos se alegraron y me aconsejaron lo que hiciera. Decidimos ir a hablar con él. Cuando entramos al lugar ya estaban esperándonos. Nos atendieron muy amablemente. El señor salió de forma gentil, me ofreció disculpas y quiso tomarme de mi mano y besarla. Yo no se lo permití. Me senté y mi amigo habló fuertemente.

- Somos los representantes de Isabella y si quiere que ella trabaje para usted, será con nuestras condiciones – dijo.

- Claro, por supuesto – dijo el hombre muy sorprendido - ...y cuáles son esas condiciones?

- Ella ganará lo que nosotros dispongamos - mi amigo Pepe dijo aprovechando la ocasión - ella no usará otro vestuario más que el que nosotros traigamos y la asistirá el otro representante que está aquí, Ceci.

Pepe pensó mucho en ayudar a Ceci con sus talentos de diseñador y maquillador y éste se puso feliz. El hombre aceptó la propuesta, primero fue él quien propuso un sueldo que ya era bastante. Pero el aprovechado de mi amigo Pepe me guiñó un ojo y le hizo una contra-propuesta por una cifra mayor. Él, sin muchas ganas, aceptó pues estaba muy interesado en yo trabajara para él. Decidieron llevarnos al lugar para que lo viéramos, me quedé muy sorprendida al ver tanto lujo. Era el mejor lugar de la ciudad y muy grande. Me presentaron al Coordinador de Bailes e hicimos el arreglo para los ensayos. El trabajo era duro pero estaba dispuesta a hacerlo.

La firma del contrato fue por seis meses y representaba un triunfo para nosotros. Logramos un sueldo sensacional además de un gran pago por los diseños de los trajes para mi vestuario y el de las demás bailarines. Estábamos realmente felices.

Las cosas se complicaron demasiado y la verdad es que no había contemplado que sería tan difícil, pues tendría que ensayar y la escuela me quitaba demasiado tiempo. Entonces Pepe decidió arreglar el problema, él era el responsable por mí en la escuela y fue hablar con el director. Éste me dio permiso para que saliera de clases a las doce del medio día, lo cual me daba suficiente tiempo para que yo de allí me fuera a los ensayos. Mi amigo era muy inteligente, arreglaba todo. Por ello yo decidí nombrarlo mi representante y darle un buen sueldo. Fue difícil que lo aceptara pero al final Ceci y yo lo convencimos. Además le di un buen adelanto para que dejara otros compromisos de trabajo y se dedicara a arreglar mis asuntos, a llevarme y recogerme de la escuela y él se sentía complacido.

Los ensayos fueron muy divertidos y algunas veces difíciles. Tendría que estar lista para mi debut y trajeron un fotógrafo para hacer la promoción. Mi amigo Ceci se esmeró con mi arreglo, mi maquillaje era maravilloso, nunca pensé que mi amigo fuera tan bueno. Mi traje también era increíble. Las fotos quedaron espectaculares, era un sueño verme en ellas, pensé cómo sería si mi madre y mi madrina vieran cuán lejos había llegado. Ya no quedaban rastros de la niña asustada que mi padre un día vendió. Mi amigo me dijo que parecía otra en la foto.

- Eres hermosa pero en la foto te ves hermosísima – agregó.

Ya casi estaba preparada, mi debut estaba programado para el fin de semana siguiente y yo me sentía muy nerviosa, como si las fuerzas me abandonaran. Mis amigos me animaban con gran paciencia, en ningún momento me abandonaron. Y así el gran día llegó, yo sentí que no seguiría adelante y pedí que me dejaran sola en mi camerino por un momento. Ya estaba arreglada para salir a hacer mi presentación en público, me quedé sola, cerré mis ojos y le pedí a Ana que me ayudara y me diera fuerzas para bailar. Sentí que Ana estuvo junto a mi dándome valor, la sentí tan cerca que al final me sentí muy confortada. Mi miedo desapareció, me levanté y caminé hacia la salida de mi camerino. Ya me sentía bien.

Ya estoy lista – dije al salir. Mis amigos me miraron muy sorprendidos porque minutos atrás me habían visto muy acobardada y no quería salir.

Me había dicho a mi misma: "Isabel, tienes que bailar como nunca. Tienes que dejar a todos con la boca abierta. Escuché que gritaron mi nombre para que saliera, las bailarinas que acompañarían mi baile iniciaron su salida y después todos guardaron silencio. Escuché que me anunciaron: "damas y caballeros, con ustedes, la reina de la noche, ¡Isabella!". Salí al ritmo de la música, los hombres dieron un gemido de admiración y comenzaron a aplaudir. Esa noche fue maravillosa, todos los hombres no dejaban de mirarme, me arrojaban flores, besos, corbatas y no sé cuantas cosas más. El dueño se sentía muy complacido. Cuando terminé de bailar me aplaudían como locos gritando mi nombre. Esa noche fue un éxito, cuando llegué a mi camerino a cambiar mi vestuario, el dueño del sitio ya me esperaba en la puerta. Mi amigo no le permitió que me tocara.

- Sólo quiero felicitarla – dijo. Me tocó el brazo y continuó - eres maravillosa.

No le demostré ningún afecto, quería que pensara que era fría por si acaso tenia algún pensamiento sucio hacia mí. Entonces lo miré a los ojos.

- Gracias – le dije y me encerré en mi camerino.

Adentro mis amigos me abrazaron felicitándome y yo dándoles las gracias por que todo se lo debía a ellos. Cuando comenzaba a cambiarme para marcharme a mi casa, tocaron a la puerta. Mi amigo Salió a ver quién era, en la puerta estaba el ramo de rosas más grande que había visto en toda mi vida. Mi amigo lo colocó en una mesita, buscó algún recado para ver quién las había enviado y encontró una pequeña tarjeta que decía: "eres única, quiero conocerte". Abajo traía un nombre: John Matin. Me quedé haciendo una mueca.

- ¿Y ese quién es? – pregunté.
- Es una de los hombres de negocios más importante de Los Ángeles – dijo mi amigo.
- Pues ese señor se va a quedar con las ganas de conocerme – dije después de hacer otra mueca y un ruido con mi boca.

Mis amigos sólo sonrieron. Al poco rato tocaron la puerta, era un hombre vestido como chofer.

- El señor Martín la espera en su mesa, señorita – dijo el hombre.
- Pues dígale a su señor que yo no me acuerdo haber tenido una cita con él – le dije.
- No es muy buena idea rechazar a mi señor, nadie se ha atrevido – respondió –- - Pues mira, chofercito, siempre hay una primera vez - tomé las flores, se las di y agregué - llévale a tu señor y dile que no crea que porque me envió flores ya me tendrá a su disposición - y le cerré la puerta en la narices. Mis amigos y yo reímos, nos apuramos y nos marchamos.

Por la mañana mi amigo me habló para que me levantara porque, según él, un señor muy importante nos invitaba a comer. Con mucha pereza me levanté y me metí a la bañera casi dormida. Ese domingo quería ir a la iglesia a encender una vela para mi Ana, pero con los nuevos planes de ir a comer con ese señor no pude hacerlo.

Cuando mi amigo fue a recogerme, realmente no tenía muchas ganas de ir. Me sentía muy cansada, quería dormir todo el día, pero no me quedaba otra alternativa, tenía que ir con él. Mi amigo Pepe decía que pensara en la universidad y sólo así se me quitaba la pereza. En fin, tenía que atender los negocios en que me había metido. Llegamos a un restaurante muy grande y lujoso. Pepe le dijo al mesero que nos esperaba un tal señor Roberts y éste nos llevó a su mesa. No estaba sólo, tenía al lado dos mujeres muy guapas. El señor Roberts nos invitó a sentarnos, me tomó de la mano y la beso.

- Tu eres la bella Isabella – dijo. El hombre hablaba el idioma con un acento muy raro - Yo soy el dueño del lugar donde trabajas y te quiero llevar a unos de mis negocios en Nueva York. Me sorprendí porque creía que el hombre que me contrató era el dueño y agregó - es un lugar mejor que este y me harás ganar muchísimo dinero y tú ganaras lo que nunca imaginaste. Miré muy sorprendida a mi amigo Pepe, pero el no se sorprendió. Lo miré de manera acusadora.

- Pepe, ¿tu ya sabias? – le pregunté.

- Algo, no sabía todos los detalles. Él sólo dijo que te quería cambiar de lugar pero jamás menciono Nueva York. Te lo juro Isabellita.

- No te enojes niña – dijo el señor Roberts - tu no harás nada más que irte. Yo me haré cargo de todo el movimiento. Miré a pepe.

- La escuela... - dije murmurando.

- No te preocupes por la escuela, tendrás la mejor – dijo el señor Roberts, quien ya se había informado todo sobre mí. Me guiño un ojo muy pícaro y me hizo una señal poniendo su dedo en los labios y haciendo un ruido con la boca "shssssss". Agregó con un sonrisa - es secreto - me tomó la cabeza y me dio un beso en la mejilla - ve y has los preparativos.

- Isabellita, no se si yo podré ir, ya ves, con toda la familia que tengo... - dijo Pepe al marchamos.

- ¡No! ¡No! Sin ti y Ceci no muevo un dedo – dije muy asustada. Comencé a llorar y le pregunte - pero ¿por qué?

- Sería mucho problema para ti – dijo muy apenado y abrazándome. Regresé al restaurante muy rápido. Él muy asustado se fue detrás de mi.

- Espera, ¿para dónde vas? – me gritó. Yo me dirigí hacia donde estaba el señor Roberts.

- Sin mi representante y mi asistente no muevo ni un dedo – le dije. El señor Roberts rió.

- Claro, niña ¿creíste que te contraté sólo a ti? Ustedes tres son un equipo, deben ir los tres.- Pepe sonrió contento y él nos dio una tarjetita.

- Ella es mi secretaria en Nueva York. Háblenle para que les consiga lo que necesiten, vivienda o transportación, o lo que sea necesario para tus dos amigos. Tu ya tienes donde llegar.

Con mucha rapidez fuimos a darle la noticia a Ceci.

- ¡Nos vamos a Nueva York! – le dijimos. Él muy contento bailaba y Pepe se fue inmediatamente a avisarle a su familia.

Ceci y yo nos quedamos a empacar las cosas. Regaló casi todo, sólo se llevó lo que pensó que necesitaría. Nos marchamos a mi apartamento en un taxi, también empacamos todo. De pronto, me llamaron por teléfono diciendo que el señor Roberts enviaba un camión para transportar todas mis cosas a Nueva York.

- Vaya con el señor, tiene prisa – dijo Ceci.

Llegó un camión grande y comenzaron a llevarse todas mis pertenecías para subirlas al camión. Al terminar, uno de los empleados me dio un sobre amarillo muy grande.

- El señor Roberts le envía esto – me dijo. Ceci me sugirió que lo abriera. Contenía tres pasajes para el tren, en primera clase, instrucciones de cómo llegar y el nombre de la persona que nos recogería en la estación de Nueva York. La salida seria dentro de tres días. Se me ocurrió una cosa antes de irme a Nueva York y le pedí a Ceci que me acompañara. Le dije que quería visitar la tumba de Ana. Llamamos a Pepe y le pedí que me acompañara también.

El viaje al norte de California fue agradable, conversamos todo el camino, le conté a mis amigos lo que ignoraban sobre mi vida y se quedaron sorprendidos. ante todo lo que me había pasado. Con mucha vergüenza también les conté sobre la relación que Ana y yo teníamos. No me criticaron sólo me confortaron. Cuando llegamos a San Francisco me emocioné, quería ver a mis amigos y visitar la tumba de Ana. Nos dirigimos hacia el pequeño pueblo donde viví tan feliz con Ana. Era increíble, a cada lugar que llegaba recordaba a Ana y se me hacia imposible pensar que ella estaba muerta. Jamás imaginé que la familia de George nos encontraría y que ella pagaría con su vida por haberme ayudado.

Nos fuimos directamente al panteón, cuando bajé del coche sentí que ya no podía contener mis lágrimas. Llegué a la tumba de Ana, me senté, le hablé contándole todo lo que me había pasado. Mis amigos decidieron dejarme sola para que me deshogara. Sentí que Ana estaba allí conmigo, escuchándome. Al poco rato ya estaba muy tranquila, sentí que Ana me había escuchado. Ceci y Pepe me esperaron y me dispuse ir a buscar a mis amigos. Todos se pusieron muy contentos, especialmente Andrés. Hicimos una reunión con todos y festejamos mi regreso. Mis pobres amigos Pepe y Ceci se sentían muy cansados y decidieron ir a descansar a un hotel.

La velada estuvo muy divertida, reímos toda la noche. Andrés me dijo que me estaría esperando. Sentí mucha pena por mi amigo, él no sabia lo que yo sentía hacia mi sexo opuesto. Nunca le conté y sentía que él tenia un sentimiento muy grande hacia mi. Pero pensé que se le pasaría cuando ya no me viera. Por la mañana, mis amigos llegaron muy temprano por mí. La mamá de Andrés los invitó a desayunar y ellos con gusto aceptaron.

Me despedí de mis amigos, Andrés me entregó una pequeña cajita que contenía una pulserita. Me la puse para que él se sintiera contento. Por el camino de regreso a Los

Ángeles, mis amigos me preguntaron sobre lo que yo les había dicho a mis amigos sobre la ida a Nueva York. Les dije que mi tío Pepe tenía una oferta de trabajo allí. Reímos a carcajadas. Me sentía muy cansada y me dormí todo el camino.

NUEVA YORK: CUANDO LA VIDA NOS BESA EN LA BOCA

El día de la partida llegó. Con mucho nerviosismo estaba en la estación esperando la salida del tren. Pepe lo notó.

- Tranquila, todo está bién – me dijo- estás en el mejor momento de tu vida - me acarició la cabeza, entonces lo miré y sonreí.

Cuando subimos al tren, se me vinieron recuerdos de toda mi vida, recordé a Ana, lo mucho que me cuidaba y todo lo que yo dependía de ella. En ese momento dependía de mí misma, sólamente contaba con la ayuda y el cuidado de mis amigos. En realidad, en aquellos momentos no hubiera sabido qué hacer sin ellos, era toda la familia que yo tenía.

Creí que me aburriría en el tren, pero mis amigos me mantenían muy entretenida y realmente era divertido viajar en un tren de primera clase. Quise ir a caminar por el tren y Ceci decidió acompañarme. Fuimos al restaurante y tomamos un refresco y un postre. Charlábamos y nos reíamos de todo, cuando sentí una mirada y volteé, era un hombre moreno tan bien parecido que me quedé helada. Él me sonrió y yo no sabía qué hacer. Creo que le regresé una mueca en lugar de una sonrisa. Me sentía tan nerviosa pues nunca había sentido nada por ningún hombre. Me levanté y me dirigí a mi amigo.

- Vámonos- le dije y él me siguió muy apurado.

- Espera niña, pareces que viste al propio demonio.

- Casi – le respondí. Me metí a mi camarote y le dije a mi amigo que me iba a recostar. Muy perturbada me vestí con algo cómodo y me recosté. Recordé la mirada de ese hombre y me dio tanto miedo sentir algo por algún hombre. No lo podía aceptar, había recibido tantos malos tratos de ellos. Pero tampoco podía pensar que los hombres eran todos iguales, porque tenía a mis amigos que me querían y me cuidaban. Al pensar en eso reí y mis pensamientos cambiaron. Ya olvidado el asunto, me puse a leer.

De repente tocaron la puerta de mi camarote, pensé que era uno de mis amigos, pero era uno de los empleados que traía unas flores con una tarjeta. Las tomé y cerré la puerta. Leí la tarjeta y decía: "me impactó tu hermosura, ¿aceptas comer conmigo? Su nombre era Jeremy. Me encantó el nombre pero me enojé conmigo misma. Me dije: "pero qué diablos estoy pensando". En ese momento, volvieron a tocar la puerta y era de nuevo el empleado.

- El señor Jeremy desea una respuesta – me dijo.

Rápidamente le hice una señal para que esperara. Escribí en una nota: "No acostumbro a salir con desconocidos, lo siento". Le di la nota y las flores al empleado y le dije que se las entregara a ese señor. Me fui a meter al camarote de Ceci y le pedí que me cambiara de habitación. Eso hicimos. Dice que Jeremy volvió a enviar otra nota, pero como yo ya no me encontraba la regresó. No volví a salir para no encontrarme con ese hombre que había hecho que mi corazón diera un vuelco. No quería que mis sentimientos atrasaran mis planes. Supe que él estuvo preguntando por mi.

Por fin, después de un largo viaje, llegamos a Nueva York. Pepe como siempre se encargó de todo el equipaje. Ya un hombre nos esperaba, traía una foto mía.

- Señorita Isabella, mi patrón me envió para que los llevara a su casa – nos dijo al acercarse y nos señaló un coche muy elegante.

Pepe me hizo una señal con los ojos. Antes de abordar el coche volví a ver a Jeremy, avanzó para alcanzarnos, pero rápidamente le sugerí a todos que subiéramos al coche. Cerré la puerta y marchamos. Jeremy se quedó solo mirando el coche. Voltee a verlo y lo vi más guapo que antes. Era un hombre varonil, se le notaban sus grandes músculos, su pecho, su alto de estatura y tenía la boca más sensual que jamás hubiera visto en un hombre. Me gustaba pero pensé que había llegado muy pronto a mi vida y mis planes estaban primero que cualquier cosa. Traté de olvidarme del asunto aunque en contra de mi voluntad. Nunca soñé con tener el amor de un hombre, el único amor que había tenido era el de Ana y ese jamás lo olvidaría.

La casa que se me asignó era de lo más bella, muy cómoda, con tres habitaciones y muy grande para mí. Le pedí a mis amigos que vivieran conmigo. Pepe dijo que se quedaría un tiempo mientras su familia llegaba, pero Ceci sin pensarlo dos veces aceptó. No pude dormir durante mi primera noche en Nueva York. Me perturbaba el recuerdo y también pensé mucho en Jeremy. Hubiera sido preferible que nunca lo hubiera visto, jamás me había perturbado un hombre.

Me levanté muy temprano e hice café. Mis amigos se despertaron al oír el ruido que hacía.

- Niña deja – dijo Ceci- no quiero que tus manitas se te estropeen. Tengo que cuidarte porque cuestas mucho dinero- reímos a carcajadas y agregó - ¿se te olvida que soy tu asistente? Yo te cocinaré y te chuparás los dedos.

- Tendrás que cuidar tu figura – dijo Pepe- así que tendrás que tener cuidado con lo que comes. No querrás ser una bailarina gordita - me reí y Ceci estuvo de acuerdo.

Con mis amigos me olvidaba de todos los recuerdos que se me venían a la cabeza, realmente la pasábamos muy bien. Ese primer día en esa ciudad tan grande tendríamos varias cosas qué hacer. Pepe, como mi buen representante, ya tenía todo el itinerario para ese día. Primero tendríamos que visitar el lugar donde bailaría para comenzar los ensayos, y luego todo lo que tendría que hacer para comenzar a trabajar.

Lo de la escuela ya estaba todo arreglado. De regreso a casa encontramos un paquete de libros para que yo estudiara en la casa. Ya no tendría que asistir a la escuela, una maestra se encargaría de mi educación. La idea me pareció maravillosa.

Mi debut en el gran lugar de Nueva York se presentó. Me sentía un poco nerviosa, pero segura de mi misma. Tenía la seguridad de que me ganaría a todo el que me mirara. Ceci me había entrenado muy bien. La hora llegó, el sitio estaba lleno, eran casi todos hombres y ansiosos de verme. El dueño se había encargado de hacer publicidad muy bien y había enviado una invitación a grandes hombres de negocios, incluyendo mi foto. Como era de esperarse, mi debut fue todo un éxito, largo pero divertido. Me encantaba ver los ojos de deseo de los hombres... era como una clase de venganza hacia ellos pues me deseaban y no podían tenerme, me gustaba coquetearles.

Pasó el tiempo y yo ya era una gran estrella. Había terminado mi secundaria y teníamos casi cuatro años en Nueva York. Mi vida no era muy complicada, yo había perdido la esperanza de encontrar el amor, tenía montones de invitaciones de hombres muy influyentes, pero no tomaba ninguna en serio. Siempre estaba acompañada de mis amigos y además me mantenía muy ocupada. Ya hacía planes para asistir a la universidad, realmente no sabía lo que quería estudiar. Pensaba en mi familia en México... en mi madre y alguna vez me dieron ganas de ir a buscarla. Pero todavía sentía un gran dolor y muy en el fondo tenía un un mal sentimiento hacia mi madre por ser tan cobarde, no me daba cuenta de que ella también era una víctima.

Mi vida era muy feliz, no me preocupaba por nada, mis amigos se encargaban de hacer todo por mí, yo era la reina de mi casa y la reina de la noche. Era conocida entre los hombres más influyentes de la ciudad y de otros lugares, quienes visitaban la ciudad e iban a ver mi espectáculo. También era reconocida entre una y otra mujer, algunas por su inclinación sexual y otras por celos, me sentía muy alagada por todo eso.

A mis amigos también les había cambiado completamente la vida. Pepe había llevado a su familia con él y sus hijos tenían una de las mejores escuelas. Mi buen amigo Ceci era el diseñador de trajes para bailarines y era buscado por la mayoría de bailarines. Sus diseños se habían vuelto muy deseados. Yo era la única que tenía todos los trajes exclusivamente diseñados por él. Ellos estaban tan agradecidos conmigo, como yo con ellos.

Era feliz aunque algunas veces me invadían las pesadillas y los recuerdos. Es difícil olvidar cuando las heridas en el corazón son profundas y yo solamente conocía la profundidad de ellas. Eran muchos mis planes y uno de ellos era ir a rescatar a mi madre y hermanos de las garras de mi padre. Pero nunca estaba el amor en mis planes, qué lejos me encontraba de esperar lo que el destino me tenia deparado.

Ese día le pedí a Ceci que fuéramos de tiendas, vio que estaba deprimida y aburrida, entonces aceptó. Nos fuimos al centro comercial más grande de la ciudad, nos divertíamos probándonos prendas, perfumes y cuanta cosa veíamos. Cuando entramos a una tienda exclusiva para hombres, quisimos comprar algo para pepe, nos fuimos hasta el fondo a ver la ropa, escogíamos algo y los dos siempre discutíamos porque él decidía algo y yo otra cosa. No nos podíamos poner de acuerdo, cuando de repente escuché una voz muy varonil.

- Creo que las camisas le gustaran mucho a tu novio – dijo la voz desconocida. Miré a Ceci muy sorprendida, volteé y allí estaba la sorpresa que el destino me tenía preparada. Era el chico del tren y mis labios murmuraron muy despacio "Jeremy". Él me miró a los ojos.

- ¡Me recordaste! – dijo y muy amable me preguntó mi nombre, pero yo me quedé muda y no supe qué decir. Ceci me pegó un codazo.
- Isabella – le contesté muy atarantada.
- ¿Tienes hambre? – me preguntó.
- No, este, si - Todavía seguía confundida por la emoción.
- Es tontita, pero si aceptamos – le dijo Ceci.

Él se rió e hizo una señal. Un hombre, su empleado, se acercó y tomó nuestras cosas y se las llevó. Él me tomó de la mano y me llevó a un coche, le dio la señal al chofer y este arrancó el carro sin hacer preguntas. Ceci no paraba de hablar, yo me sentía como si estuviera congelada. No podía creer que después de varios años volviera ver al hombre que un día me 'movió el tapete'.

- ¿Qué te apetece comer? – me preguntaba. En mis pensamientos dije: "a ti". Pero no contesté nada porque en ese momento en lo que menos pensaba era en comida. Nunca había sentido lo que en ese momento estaba sintiendo. Era como un sueño, desde la primera vez que había visto a Jeremy en el tren, nunca había dejado de pensar en él, ni un sólo día. Aunque había creído que nunca lo volvería a ver.

Comimos en un lugar que según él era unos de sus preferidos. La verdad es que no le puse mucha atención al lugar. No dejaba de escucharlo, de verlo. Ceci me pegaba con el codo a cada rato. La plática se alargó hasta la noche. Jeremy nos llevó a pasear a unos jardines hermosos y cortó flores para mí. Ese día fue maravilloso para mí, hacía tiempo que no la pasaba tan feliz. Ya casi a la media noche decidimos marcharnos. Jeremy le dió órdenes al chofer de llevarnos, creo que al separarnos él sintió lo mismo que yo. Dijo que me llamaría.

Nunca le mencioné a qué me dedicaba y él no preguntó nada. A mí se me olvidó mencionarlo, pero él lo averiguo. Todo el resto de la semana me la pasé junto al teléfono por si me llamaba. Pero no llamó. Me sentía triste y desesperada, pensé que sólo me había tomado del pelo o que a la mejor yo no le había gustado como a mi si me gustaba él. Sentí tristeza en mi corazón, mis amigos lo notaron y se secreteaban.

- Ya no estés triste, Isabellita. Estará muy ocupado, por eso no llama.
- Averíguame todo sobre él – le dije.
- Está bién – me contestó al mirarme.

Creo que ellos estaban preocupados por mi, nunca me habían visto de esa manera. La hora de irnos a trabajar había llegado yo me sentía muy desganada, pero tenia que cumplir con mis obligaciones. Llegamos al sitio y uno de los empleados se acercó.

- Isabellita – me dijo- le enviaron algo y lo puse en su camerino. No imagine qué era y tampoco me pareció raro, pues mis pretendientes siempre me enviaban regalos.

Entramos y había flores con una caja muy grande. Ni me molesté en verla, pensé que sería de algún pretendiente desesperado que quería ganarme con regalos, como siempre. Ceci curiosamente revisó os regalos, abrió la caja y allí estaba un hermoso vestido color negro. Me llamó mucho la atención.

- Vaya! – le dije a Ceci - qué hermoso vestido, pero qué buen gusto - Me levanté a tomarlo y a probármelo, cuando Ceci tira un grito.

- ¡Uyuyui!, manita, mira quién lo envía, te dará un infarto - me dio la tarjeta y me fui para atrás cuando leí el nombre de Jeremy. Sentí un gran vuelco en mi corazón y la alegría invadió todo mi ser.

Ceci leyó la tarjeta y decía: "dame el placer de salir conmigo esta noche, estás en mi pensamiento noche y día." Estaba feliz, mi entusiasmo de vivir creció. De repente mis ganas de bailar crecieron. Ceci se alegró de que mi actitud hubiera cambiado. A mis amigos no les gustaba que yo sufriera. Cuando salí a bailar vi a Jeremy en la primera mesa. Me dio gusto y él me sonrió. Me miraba sorprendido, creo que jamás imaginó que mi trabajo era bailar. Cuando terminé mi número, como siempre, todos me aplaudían con gran entusiasmo. Todos se pusieron de pie y gritaban : " ¡Bravo! ¡Bravo! Jeremy hizo lo mismo, me sentía muy alagada.

Ya estando en mí camerino, tocaban la puerta para las invitaciones pero, como siempre, no aceptaba ninguna. Hasta que llegó Jeremy, mé tomó de mi mano y la besó.

- Eres increíblemente hermosa – dijo.

Parecía que el vestido que él me había enviado lo hubieran hecho a mi medida. Mis amigos estaban preocupados por mi, se negaban a que saliera sola con Jeremy.

- No se preocupen por ella, la cuidaré y la protegeré como a mi madre misma – les dijo muy amablemente.

Creo que eso los tranquilizó, pero de cualquier manera se preocupaban. Esa fue la noche más mágica que había tenido en toda mi vida. Me trató como a una verdadera princesa y él se comportó como un verdadero caballero. Creo que esa noche los dos nos enamoramos como nunca. Hablamos de todo, no le conté nada de mi pasado pues me avergonzaba decirle lo que mi padre había hecho conmigo. Sólo le dije que mi madre había muerto y que me quedaba mi tío únicamente.

Él no preguntó mucho, fue discreto, se dedicó a contarme de su vida y a decirme cosas bonitas. La velada fue mágica. Me llevó a mi casa ya muy cerca del amanecer, al retirarse los dos sentimos deseos de no separarnos y estar juntos para siempre. Pero todavía tendrían que pasar muchas cosas antes de estuviéramos juntos y tranquilos.

Ya habían pasado tres meses desde que Jeremy y yo habíamos comenzado a salir. Aún tenía mucha desconfianza, pero cada día estábamos más enamorados. Todavía no me convertía en su amante, esa era decisión mía. No quería ser un pasatiempo suyo, quería que lo nuestro fuera algo verdadero y que él fuera el primer y último hombre en mi vida.

El recuerdo de Ana todavía estaba en mi corazón. Era curioso pero cuando había estaba al lado de Ana nunca me había avergonzado de la relación que habíamos tenido. En cambio, en ese momento me avergonzaba de ella y al mismo tiempo sentía pena de pensar en ello, ya que ella no sólo me había dado todo lo que había necesitado sino que hasta había entregado su vida por mi. Me sentía confundida en ese momento.

Una noche Jeremy me habló por teléfono y me dijo que deseaba hablar muy seriamente conmigo, quería ir a verme. Lo esperé ansiosa, no imaginaba qué querría decirme. Cuando llegó me besó y me dijo que me amaba. Luego, me preguntó si yo lo amaba. Le contesté que por supuesto que si. Él me dijo que ya no soportaba estar separado de mi y que quería casarse conmigo. Me quedé congelada, no sabía qué contestarle.

- ¿En serio? – le pregunté- ¿estás seguro de lo que dices?

- nunca he hablado tan en serio – me contestó - y nunca me había sentido tan seguro. Te amo y quiero vivir el resto de mi vida contigo - Yo no sabía qué decir.

- ¿Y mi carrera?, ¿y mis estudios? – le pregunté.

- Tu decides, no me opongo que asistas a la universidad, pero si a que sigas trabajando como bailarina - me miró a los ojos y agrego - me muero de celos porque otros hombres te miren con ojos de deseo.

- Te amo – sonreí y le dije- por ti haría cualquier cosa. Pero y mi amigo Ceci, y el tío Pepe... - guardé silencio por un segundo y agregue - es como quitarles sus trabajos.

- Nena – me dijo mientras sonreía - no te preocupes por ellos. Yo me encargo de todo. Te aseguro que no sufrirán por eso - nos abrazamos y me besó con toda la pasión. Me dijo que otro día me llevaría a conocer a su familia.

Esa noche me encontraba sola en casa y le pedí que se quedara entonces me miró.

- ¿Que me quede? – preguntó.
- Si – le contesté - acompáñame a desayunar - entonces él me abrazó.
- ¿A desayunar? Pero si son las diez de la noche.
- Bueno, descansamos un rato y luego desayunamos – él entendió mi mensaje.
- Con un requisito – dijo y sonrio.
- ¿Cuál?
- Yo prepararé el desayuno – me contestó. Yo solo reí.

Esa noche tomamos vino. Estábamos tan enamorados que sentía que nuestros cuerpos temblaban cuando nos acercábamos. Fue allí cuando entendí la diferencia entre amor que sentía por Jeremy y del amor que había sentido por Ana. Me avergoncé aún Más. Me di cuenta de que siempre había estado en un error. Ahora comprendía que lo que sentía por Ana no era amor, como el que estaba sintiendo por Jeremy. Me sentía realmente avergonzada.

Esa noche fue inolvidable para los dos, era la primera vez que un hombre tocaba mi cuerpo con todo el amor de su corazón y me hacia subir al clímax del placer. Jeremy era fuerte y viril, tenía la suerte de ser buen mozo y masculino. Me dijo tantas cosas bonitas y me juró que me amaría siempre. Por la mañana llegó Ceci, acostumbrado que nadie se quedaba en casa y creyéndome sola, entró a mi habitación. Se sorprendió cuando vió a Jeremy junto a mí en la cama. Estábamos completamente desnudos y Jeremy todavía estaba dormido. Le hice una señal a Ceci para que guardara silencio. Con mucho cuidado me levanté y salimos de la habitación.

- Disculpa manita, no pensé que al final te hubieras decidido – me dijo mi amigo muy apenado. Lo miré a la cara.
- No, no, no, pienses que acepté ser su amante – le dije- además el nunca me lo ha pedido. He aceptado se su esposa.

Mi amigo se puso contento por mi, aunque le dio tristeza porque sabía que me retiraría del baile. Le tome de la mano y le dije que no se preocupara, que Jeremy resolvería el problema de sus trabajos. Él me contestó dándome un beso en la mejilla.

- Amiga, no te preocupes, ya bastante nos has dado. Olvídate de todo y sé feliz -me abrazó y regresé a la habitación. Jeremy ya se encontraba despierto, me extendió los brazos y corrí hacia ellos. Me besó.
- Te amo, eres maravillosa – me dijo y siguió besándome - me quiero casar contigo lo más pronto posible- nos quedamos toda la mañana en la cama.

Al final nos levantamos a comer, tomamos un baño juntos, nos vestimos y me llevó a conocer a su familia. La casa de sus padres era enorme y muy bonita. Sentía mucha vergüenza con su familia. Todos me trataron muy amablemente, su madre me abrazó y me dio un beso en la mejilla. Me agradeció que correspondiera a su hijo, ella sabía de lo mucho que Jeremy me amaba.

Él muy entusiasmado les comunicó lo de los planes de matrimonio y su madre se puso muy contenta al saber de que yo aceptaría. Todos sabía sobre mi profesión y nadie me juzgó.

- Ay, hermano, pues cásate pronto, porque si te atarantas me caso yo con ella - le dijo su hermano mirándome de arriba hacia abajo. Me tomó de la mano y la besó.

- No lo pienses pues ella desde antes que naciera ya estaba asignada para mi –le dijo bromeando y quitándole sus manos de las mías. Todos rieron.

- Eres muy hermosa, Isabel – dijo mi suegra- me alegra que te hayas enamorado de mi hijo. Tendré nietos muy hermosos - me dio vergüenza cuando ella dijo eso, a Jeremy se le notaba el orgullo.

Le pregunté por su padre, él agachó la cabeza y me dijo que su padre estaba indispuesto y que no podría conocerle por ahora. Pensé que tendría problemas por nuestro noviazgo, pensé que tal vez sabía de mi profesión y se oponía a nuestra relación. Le pregunté si era así pero me lo negó.

- Te contaré, mi padre sufre una enfermedad – me dijo y yo me afligí.

- ¿Qué clase de enfermedad? – le pregunté.

- Bueno, no es una enfermedad, es más bien algo causado.

- ¿Causado? – yo no entendía.

- Le dieron un golpe muy fuerte en la cabeza – trató de explicarme- tan fuerte que le dañó el cerebro, causándole no poder caminar y lentitud en el movimiento de sus músculos. También le afectó un poco el habla- lo dijo con tristeza. Me acerqué para consolarlo - otro día lo conocerás...

Pasaron los días y Jeremy y yo planeábamos nuestra boda. Ya mi contrato estaba por cumplirse y no pensaba renovarlo, pero había decidido qué estudiar. Mi inclinación por la medicina siempre estuvo en mi mente. Jeremy y yo decidimos que estudiaría medicina, quería ser doctor, algo que nunca habría imaginado poder ser.

Además, no podía defraudar a Ana. Todavía no le había contado a mi novio sobre ella. No me atrevía y no sabia cómo lo tomaría. Más que todo era miedo lo que tenía, sentía pánico de perderlo y si eso pasaba yo me moriría. Las pesadillas todavía me invadían y muchas veces me despertaba llorando. También en mis sueños estaba George, no podía olvidar sus maltratos, sus golpes y sus violaciones. No sabía cómo haría para olvidarlos, pensé que tal vez Jeremy me haría olvidar con el tiempo y algún día le contaría todo sobre mi pasado.

LAS TRAMPAS DEL DESTINO

Los preparativos para la boda comenzaron, había tantas cosas qué hacer, yo no paraba y Jeremy era muy bueno conmigo. Me trataba como a una reina, estábamos muy enamorados. Ese día, sin saberlo, las cosas se complicarían para mi. Jeremy me llevó a su casa, quería que la viera para ver si quería vivir allí después de casados o si preferiría que comprara otra. Muy feliz lo acompañé. Ya algunas veces había estado allí pero no la había visto mucho por dentro. La casa me pareció muy buena pero al enseñarme su estudio y al acercarme a una mesa donde tenía varias fotos, de repente mis ojos se detuvieron con mucho asombro en una foto. Él se acercó y me dijo que era su padre.

Di la vuelta y miré a Jeremy. Ya no supe más de mí. Desperté en la cama, Jeremy estaba junto a mí tratando de despertarme. Las lágrimas empezaron a brotar de mis ojos súbitamente y le rogué que me llevase a mi casa. Me preguntó muy angustiado qué me pasaba. No sabía qué decir, sólo le contesté que me sentía muy mal y que quería irme. Me llevó sin protestar. Le dije que luego le llamaba por teléfono pues él realmente se encontraba muy angustiado por mi. Llegué a mi casa abatida. Ceci me abrazó y Pepe se angustió y pensó que Jeremy me había hecho algo.

- No, Jeremy no me hizo nada, les tengo que decir algo realmente terrible. Jeremy es hijo del hombre que hace años me violó, de George.

Ellos me miraron con asombro, no sabían qué decir. Entonces recordé y relacioné el apellido de Jeremy con el de George. Los ojos de Jeremy también eran muy parecidos, siempre pensé que George estaba muerto, pero la vida me tendía una trampa. Estaba enamoradísima de mi novio y lloré toda la tarde. Pepe me aconsejó que hablara con Jeremy y le contara toda la verdad, pero yo tenía mucho miedo de perderlo. Decidí callar, no pensé que George me reconociera. Pepe no estuvo de acuerdo pero yo ya había decidido no decirle nada por ahora.

- Ay, nena, en el amor y la guerra todo se vale. Así es que adelante - me dijo Ceci.y yo sonreí.

Le hablé a Jeremy y le pedí que me perdonara, que ya me sentía bien y le dije que no sabía lo que me pasaba. Me sugirió llevarme al doctor pero no acepté.

Desde ese día viví angustiada y nerviosa, pensando que George me reconocería, y que perdería a Jeremy. Mis pesadillas fueron más frecuentes, me puse ojerosa y demacrada. Todos estaban angustiados por mi y Pepe seguía insistiendo en que le contara todo a Jeremy para mi tranquilidad. Creí que seria lo mejor porque si no, me moriría. Le pedí a mis amigos que me ayudaran, así que llamé a Jeremy para que viniera a mi casa. Cuando llegó, preguntó qué era lo que pasaba. Pensó que ya me había arrepentido de casarme con él. Pepe le pidió que se sentara. Él preguntó si estaba enferma de algo y yo le pedí que tuviera paciencia.

- Calma, no estoy enferma de nada – le dije- escucha lo que te tengo que decir. No sé cómo lo tomarás, pero antes de decírtelo quiero que sepas que te amo más que a mi vida y no quiero tener secretos para ti. Quiero que lo sepas antes y tu decides si todavía deseas casarte conmigo. Él estaba muy asombrado y dudoso. No se imaginaba qué sería lo que yo tenía que decirle. Él pensaba que nada podría hacer que se arrepintiera de querer casarse conmigo.

- No tengas miedo de decirme lo que sea - se acercó a mi y dijo - escúchame bien, nada pero nada me hará cambiar de planes.
- Bien - dijo mi amigo pepe- espera a que te digamos y después decides. Yo comencé a contarle todo desde que estaba en México y lo que mi padre había hecho conmigo. Él se quedó asombrado con lo que le estaba contando, pero cuando llegué a contarle lo de su padre, se levantó.
- ¿Entonces tú eres la mujer que hemos estado buscando todo estos años? –dijo.
Sentí miedo, comencé a llorar.
- Calma Jeremy, Isabellita solo fue una víctima, tu padre la tenía secuestrada y abusaba de ella – le dijo Pepe.
- Pagarás muy caro lo que le hiciste a mi padre - me dijo mirándome con mucha rabia y tomándome fuertemente del brazo. Salió de mi casa llorando y casi corriendo. Yo me quedé derrotada, mis amigos trataron de consolarme pero no lo lograban.

Pasaron los días, mis noches eran terribles y mis días peores. Me quedaba pegada al teléfono esperando la llamada de Jeremy, pero era en vano, él no llamaría. Mis lagrimas no cesaban, me sentía destrozada y decidí regresar a California. Se lo comuniqué a mis amigos y ellos no estuvieron de acuerdo.

- Isabellita –Pepe me dijo- no huyas, él te buscara, estoy seguro. Pero mi decisión ya estaba tomada.

- Mi pepe, no te preocupes. Tengo amigos donde voy. Además tengo una casa, tu quédate pues tu vida ya está hecha aquí. Yo me iré, aquí todo esto me lastima.

- Yo me iré contigo – dijo Ceci- no te dejaré sola. Necesitas mi compañía.

- Mi niña – dijo Pepe abrazándome- si necesitas cualquier no dudes en contar conmigo. Aquí estaré esperándolos - los tres nos abrazamos y lloramos.

Hice todos los arreglos para el viaje y hablé para que mi casa estuviera lista. Ceci y yo decidimos irnos en coche hasta allá. Envié todas nuestras pertenencias en un gran camión de mudanza. Pepe estaba muy triste pero ya no me decía nada, sabía que yo estaba destrozada y que nada me haría cambiar de idea.

Pasaron los días y se llegó el momento de la salida. A pesar de todo, todavía tenía esperanzas de que Jeremy me buscara, pero no llegó. Nos despedimos y nos marchamos con rumbo a California. Pepe se quedó muy triste, pero pensó que sería lo mejor para mi. No era bueno que siguiera esperando a Jeremy, quien tal vez nunca regresaría. Ceci trató de distraerme llegando a lugares turísticos y tratando de que estuviera contenta. El viaje se me hizo larguísimo, extrañaba mucho a Jeremy... me estaba muriendo de amor.

De vez en cuando le hacíamos una llamada a Pepe, para que no se preocupara por nosotros. Llegamos a California al oscurecer, decidimos pasar la noche en un hotel y por la mañana llegar a nuestro destino. Ya sólo quedaban alrededor de dos horas de camino. California era precioso y me tranquilicé viendo el producto de la primavera. Por la mañana nos marchamos muy temprano y por el camino le pedí a Ceci que parara pues me sentía muy mareada. Llegamos a una estación de gasolina y vomité, no soportaba el olor a comida. Ceci se quedó mirándome.

- Ay, mi amor, se me hace que la cigüeña ya viene en camino – me dijo.

Yo lo miré y pensé que ya estaba atrasada con mi periodo casi tres meses, me dio gusto y le rogué a Dios que fuera eso.

- Dios te oiga – le dije a Ceci. Me ilusioné pensando que tendría algo de Jeremy.

Mi actitud cambió pensando que tendría un hijo del hombre que amaba. Sentí la brisa del mar, eso me indicaba que ya habíamos llegado a nuestro destino. Mi casa se veía abandonada, tendríamos que hacer algunos arreglos, pero entre Ceci y yo los haríamos sin problema. La mudanza también llegaría esa misma semana. Fui a buscar a mis amigos, Andrés se puso muy contento de verme, algunas de mis amigas se habían marchado para las ciudades grandes y otras ya estaban en la universidad, pero me recibieron bien.

Entre mis amigos, Ceci y yo dejamos la casa muy bonita. La mudanza llegó y nos instalamos perfectamente. Tendríamos que buscar algo qué hacer para que los ahorros no se terminaran. Yo había ahorrado bastante, pero tendría que visitar al doctor y eso costaría. Con la experiencia de Ceci y la mía decidimos poner una escuela de baile y un taller de modas. Buscamos el lugar adecuado, compramos lo necesario e hicimos los movimientos para instalar los negocios. Ceci me llevó al Doctor y me dio la noticia más feliz de mi vida, seria madre. También me dijo que quería hacer unos estudios porque escuchaba dos latidos dentro de mi vientre.

- Es posible que traiga gemelos – dijo el médico. Ceci y yo nos pusimos felices, no podía creerlo.

Sentí lástima por no estar con Jeremy y pensé que a lo mejor ya no me quería. Aunque me ponía triste y me importaba mucho, ahora me sentía consolada con mis bebés y pensé que Jeremy nunca lo sabría. Cuando Pepe se enteró de que tendría gemelos me aconsejó que llamara a Jeremy. Pero le dije que no quería que supiera pues no me gustaría que me buscara por eso, sino porque me amaba. Hice que me prometiera que no lo buscaría para contarle y dijo que no lo haría.

Los meses pasaron muy rápido, yo cada día engordaba más, mis bebés crecían dentro de mi vientre y yo sentía un amor muy grande por ellos. Les hablaba de su padre y era como si me escucharan pues cada vez que les hablaba de Jeremy no cesaban de moverse. Ceci me trataba con todo el cariño de un gran hermano, estaba tan ilusionada como yo. Un día, Pepe me habló muy abatido y me dijo que había visto al hermano de Jeremy y le había preguntado por mi. Él le había contestado que no sabía nada de mí. Entonces el hermano le dijo que Jeremy se encontraba en muy malas condiciones, tomaba y no quería salir de su casa. Sentí mucha tristeza y lloré por él. No podía creer que todavía me amaba, como yo a él. Ya quedaba poco para el alumbramiento de mis bebés e hice un plan para ir a buscar a Jeremy cuando mis bebés estuvieran listos. El negocio estaba funcionando muy bien, nos iba divinamente, teníamos empleados y Ceci ya tenía pareja. Se sentía feliz.

- Ay, hija – me decía bromeando - sólo necesitamos que nazcan nuestros hijos para ser completamente felices- y reíamos con ganas.

Una noche muy fría en la que no podía dormir y me sentía muy incomoda, sentí un fuerte dolor repentinamente. La fuente del agua se me reventó y me mojé totalmente. Entonces llamé a Ceci quien se levantó enseguida, tomó el bolso que teníamos preparado y nos marchamos al hospital. Me sentía nerviosa y con mucho dolor. Una vez llegamos al hospital me atendieron de inmediato. Media hora después nacieron mis hijos, varón y hembra. Eran hermosos, morenitos como mi Jeremy y con unos ojos preciosos. Me sentía la mujer más feliz de la tierra. Los nombré Jeremy y Ana, recordando a las personas que más quise y ya los dos estaban muertos. Aunque Jeremy todavía vivía, ya estaba muerto para mi. Ceci también se sentía feliz. Ya estaba todo listo para los bebés, Pepe estaba por llegar, quería estar con nosotros en este tiempo de felicidad. Cuando miró los bebés se emocionó.

- Isabellita – dijo- qué muchachotes has tenido, los dos son igualitos a Jeremy. Cuando dijo eso guardó silencio.

- ¿Has sabido algo de él? – le pregunté.

- Es mejor que no sepas nada de él – me dijo. Lo miré y noté que no me quería dar la cara.

- Pepe, mírame a la cara y dime qué esta pasando – entonces levantó su cara y habló.

- Isabellita, no quiero que sufras, mejor no preguntes.

- Dime, por favor.

- Jeremy se casa – me dijo con palabras cortadas. Lo miré suplicando que no fuera cierto.

- No, dime que es mentira - Las lágrimas asomaron a mis ojos. Ya no pude contenerlas. Ellos trataron de consolarme.

- Prométanme que guardaran en secreto que yo he tenido hijos de Jeremy – dije mirándolos fíjamente a los ojos.

- ¿Estas segura? –Pepe preguntó. No sabían que mi corazón se había llenado de rencor en cuestión de un par de minutos. No concebía que Jeremy no me hubiera dado una segunda oportunidad sin haber investigado lo sucedido. Por lo contrario, se había consolado muy pronto con otra mujer. Pensé que el amor que decía tenerme solo había sido palabras.

- No se preocupen estoy bien, ya pasó – dije sin soltar una sóla lágrima más- ahora sólo me dedicaré a mis hijos y a hacer la carrera de medicina. Me mudaré a Los Ángeles para ir a la universidad.

Mi corazón estaba destrozado, ya no creería en ningún hombre. Pensé que nunca hubiera debido creer en Jeremy, todo lo que me había dicho y prometido era falso. Sería mejor cumplirle la promesa a Ana, me dedicaría a mis hijos y a la escuela. Me sentía como muerta en vida.

Cuando llegamos a la casa le dije a Pepe que se quedara para que me ayudara a trasladarme a Los Ángeles. Como siempre, mi amigo Ceci no me dejó sola y decidió irse conmigo. Eso me alegró, llevaríamos los negocios con nosotros.

Pepe sentía mucha pena por mi y se le partía el corazón al verme sufrir. Yo fingía lo más que podía, pero por las noches lloraba... y eran noches muy largas. Pepe me pidió que le dijera al doctor para que me diera medicina para la depresión. Así viví por tiempo, tomando té para la depresión.

Por fin Pepe encontró una buena casa en Los Ángeles y muy pronto nos trasladamos. Las cosas fueron muy fáciles con la ayuda de Pepe. Ya instalados comencé a hacer lo que desde hace tiempo había decidido hacer, estudiar. Comenzamos también los negocios que teníamos en el norte de California.

Pepe vio que ya estábamos acomodados y decidió que tenía que regresar a Nueva York. Le pedí que volviera a vivir en Los Ángeles y dijo que más adelante porque tenía varios negocios que atender. Pero prometió que si regresaría.

La universidad, mis hijos, los negocios me mantenían muy ocupada. Ya habíamos abierto otra casa de modas. Aunque no olvidaba a Jeremy, me sentía más tranquila. Imaginaba que estaba casado y a la mejor esperando hijos, me dolía pensarlo, pero ya estaba resignada. El tiempo pasó y las cosas seguían tranquilas. A pesar del tiempo, yo todavía amaba a Jeremy, pero la esperanza de volver a verlo se había ido de mi. Mis hijos estaban creciendo muy rápido, no sentíamos el tiempo, ellos ya estaban en la escuela, los negocios prosperaban y yo estaba muy adelantada. Y había terminado los cuatro años de universidad y pronto terminaría la escuela de medicina. Mis hijos eran robustos y sanos, pronto cumplirían nueve años de edad. Ellos me mantenían fuerte, aunque por dentro, mi corazón estaba muy lastimado, no lograba superarlo. Por más que tratara, no olvidaba a Jeremy. Pensé que me moriría amándolo.

Tenía muchos pretendientes, algunos con buenas intenciones y otros sólo trataban de llevarme a la cama, pero se desilusionaban al no conseguir lo deseado. Mis amigos ya me conocían, tenia varios y todos me respetaban. Me sentía atrapada por el amor que sentía por Jeremy y ya me estaba cansada.

DE SUEÑOS Y REALIDADES

Ceci era un triunfador, tenía invitaciones para desfiles de modas en distintos lugares y estaba preparando su colección para un desfile muy importante que se llevaría a cabo en Miami. Quería que Pepe y yo lo acompañáramos pues siempre estábamos juntos en todo, en las buenas y las malas. No podíamos dejar a los niños y los llevábamos a donde fuéramos. Querían mucho a sus tíos, como ellos los llamaban.

El día del desfile de modas ya casi estaba allí. Decidimos irnos a Miami tres semanas antes para llevar de vacaciones a los niños. Ignoraba lo que el destino me reservaba, después de todo lo que había pasado parecía que la vida se ensañaba conmigo.

Para que los niños se divirtieran decidimos irnos en tren, ellos estaban muy felices y no paraban de hablar. El día de la salida el tren partió por la tarde, fue un día muy ocupado. Pero, como era usual, Pepe se encargo de todo. Ceci tenía varios empleados que se llevó para que le ayudasen en todo lo referente al desfile. Nos tocó un camarote muy amplio para que mis hijos estuvieran cómodos. Esa noche no dormí, el tren me traía muchos recuerdos. Salí a caminar y me senté en el bar a tomar una bebida para poder concebir el sueño. Cuando la terminé me dirigí a pagar, pero el cantinero me señaló un hombre que según el empleado había pagado mi bebida. Me dirigí a ese señor y le dejé un billete en la mesa.

- No acepto nada de extraños – le dije. El hombre tenía su cabeza inclindad y de repente la levantó para mirarme.

- Y de viejos amigos... ¿aceptas, Isabel? –dijo. Me quedé sorprendida al ver este viejo amigo y compañero de trabajo en Nueva York. Lo miré y le di un abrazo.

- Qué bárbara, mujer, estás más guapa y hermosa que nunca.

- Y tu estas igual – le dije.

- No mientas, estoy más viejo y acabado. Nos quedamos varias horas recordando el pasado, me mencionó a Jeremy y yo le conté lo sucedido. Le dije que tenía gemelos de él. Entonces se sorprendió.

- Wow, si Jeremy enterara – dijo. Yo lo miré.

- ¿Sabes algo de él? – le pregunté y él rió.

- Ay, niña, te ha buscado tantos años...

- Pero, ¿y la esposa? - El me miró desconcertado.

- ¿No sabes nada de él?

- Nada – le contesté.

- Deja te cuento – dijo- la esposa, como todo el mundo sabe, es una alcohólica. Él es un hombre de negocios muy exitoso, pero se dice que tiene muchos problemas con su mujer. Es muy famosa por sus borracheras. Se le nota que no es feliz para nada.

- ¿Tiene hijos? – le pregunté.

- Claro, los tuyos – contestó- pero de la esposa ninguno. Los chismes corren y dicen que han gastado una fortuna para poder tener uno, pero hasta la fecha nada- con todo el interés de que me enterara de Jeremy, me contó todo lo que sabía.

Ya muy tarde me regresé a dormir, pero me quedé con la duda, porque este amigo sabía mucho sobre Jeremy y aunque le rogué que no contara que me había visto y que mucho menos hablara una sóla palabra sobre mis hijos, no quedé convencida de que se quedara callado. Al otro día le conté a Ceci lo que había pasado la noche anterior y ella se afligió.

- Conozco muy bien a ese hombre y es un chismoso – dijo- no debiste haberle dicho nada - me afligí más todavía.

No quería por nada del mundo que Jeremy se enterara de mis hijos, no quería que me buscara por eso y, además, no quería volver a verlo. Me sentía traicionada y esa era mi manera de vengarme, que nunca se enterara de que tenía dos hijos conmigo. Durante todo el camino pensé en qué iba a hacer si el nos buscaba. Muy en el fondo de mi corazón quería verlo pero una parte de mi se sentía muy lastimada.

Por fin llegamos a Miami, para mis hijos había sido divertido transbordar de estación en estación para llegar a nuestro destino. Nos dirigimos directamente al hotel donde Pepe había reservado. Todo estaba perfecto para los niños, a la orilla del mar y cerca de una gran feria.

Pero parecía que ese viaje me traería muchos problemas y que todo estaba perfectamente planeado para que yo me enfrentara con mi pasado. Ya teníamos una semana en Miami, mis hijos se estaban divirtiendo bastante y era el primer sábado que pasábamos allí. Muy temprano, los niños y yo hicimos planes para pasar el día frente a la playa, ordenamos una gran canasta de comida para llevar y yo me llevé mis libros para estudiar. Los niños iban cargados de juguetes para jugar en la arena, estaban muy contentos y pronto tomamos un lugar. Ellos rápidamente se pusieron a jugar muy cerca de mi, yo tomé mis libros y me metí en la lectura. Mis hijos reían y corrían muy divertidos cuando, de repente, ya no los escuché más. Estaba muy metida en la lectura y no me di cuenta para dónde se habían ido.

Me levanté asustada, buscándolos y llamándolos, cuando volteé y los ví en un puesto de helados. Una pareja les estaban comprando helado, pero yo no divisaba quienes eran. Entonces me acerqué.

-Niños – les dije- qué hacen molestando a la gente- entonces el hombre se volteó.

- Mis hijos no me molestan, Isabel – dijo. Me quedé estupefacta y asustada. El habla se me cortó al ver a Jeremy y a mi ex-suegra mirándome muy sonrientes.

Sentí que perdía el sentido y él me detuvo.

- Calma, Isabel – me dijo- no tengas miedo. No estoy aquí para arrebatarte a mis hijos, sino para ganármelos a ellos y a ti- no sabía qué hacer, trataba de recuperarme, así que me levanté.

- ¿Por qué no dijiste nada?- él siguió hablando- Mi padre me hizo entender las cosas, te busqué pero ya no te encontré. Después me dijeron que te habías marchado con un hombre. Me levanté muy enojada.

- Y creíste todo lo que dijeron, sin averiguar – le dije- sin buscarme para cerciorarte por ti mismo. Ahora ya es tarde, mis hijos y yo no te necesitamos. Además tu tienes a tu esposa, déjanos en paz y vive tu vida – tomé a mis hijos y me acerqué a mi ex suegra.

- Señora, yo no tengo nada en contra de usted, ellos son sus nietos y usted tiene derecho, visítelos cuando le plazca – le dije y saqué de mi bolso una de mis tarjetitas con mis datos. Se la entregué y me marché con mis hijos de regreso al hotel.

Mis hijos lloraron, creo que eso de que la sangre llama es cierto, porque mis hijos no se querían despegarse de Jeremy. Los tomé y me marché al hotel. Le conté a Pepe y a Ceci lo ocurrido y les pedí su consejo.

- Mira, Isabel – dijo Pepe- será muy difícil negarte a que Jeremy vea a sus hijos. Además tú sabes que esa familia tiene muchas influencias y creo que Jeremy no tiene malas intenciones. Por el contrario, creo que son buenas.

- No sé si podré – le dije sin poder contener mis lágrimas- creo que todavía lo amo- entonces él sonrió.

- No te preocupes- me contestó- creo que él nunca ha dejado de amarte. Sé que siempre te ha buscado.

- Ay, manita! – comentó Ceci- te lo dije. Ese hombre que viste en el tren es un chismoso.

- Creo que ya es tiempo de que seas feliz con el hombre que amas - me dijo Pepe quien me tomó de las manos y me las besó.

- ¡No será tan fácil para él! ¿Y los años que pasé sufriendo por causa de su inmadurez? No le será muy fácil conquistarme. Por el contario, le será muy difícil– dije levantándome del sofá. Ellos sonrieron y no creyeron en mis palabras. Pero yo estaba decidida hacerlo sufrir.

Otro día, tocaron la puerta por la mañana. Ceci abrió y me llamó diciéndome que me hablaban. Era nada menos que Jeremy y su madre. Yo les invité a pasar. Jeremy me miraba con unos ojos que me lastimaban, en ese momento deseaba arrojarme en sus brazos, besarlo y decirle cuánto lo había extrañado. Pero me contuve y traté de no mirarle a los ojos. Me comporté duramente con él. Llamé a mis hijos y les pedí que se sentaran.

- Hijitos – les dije- miren, este señor es su padre y esta señora es su abuela - los niños me miraban muy sorprendidos.

- Ya tenemos papá y abuelita - dijo Anita, como le decíamos a la niña.

Jeremy sonrió. El niño estaba algo huraño y no se quería acercar.Entonces su padre se le acercó.

- ¿Cómo te llamas hijo? – le preguntó.

- Me llamo Jeremy, ¿y tu?

- Mira qué casualidad – contestó y río - me llamo igual que tu.

- ¿Es cierto Mami? – me preguntó un tanto incrédulo.

- Si, es cierto - sonreí y contesté. Jeremy sacó su identificación.

- ¿Sabes leer? – le preguntó.

- Claro y muy bien – le contestó muy orgulloso.

- Bueno, si lees mi identificación verás que no miento – le dijo Jeremy jugando. Mi hijo la tomó y se sorprendió.

- Mami, se llama igualito que yo – me dijo- se apellida igual también.

- Yo soy tu papa – le dice Jeremy- por eso nos llamamos igual. Entonces se volteo hacia mi.

- Tengo que agradecerte que no le quitaste el derecho de llevar mi apellido, gracias – me dijo. Yo me agaché avergonzada con su madre. No quería que pensara que todavía lo amaba.

- Isabellita – me dijo su mamá muy amable - queremos que nos acompañen tu y los niños a desayunar para que hagamos algunos planes. Quisieramos ver cómo podemos visitar a los niños.

Me quería negar pero Pepe me hizo una señal para que no me negara. Tomé mi bolso y me marché con ellos. Mis hijos estaban felices y tomaban de la mano a su padre. Llegando a restaurante Jeremy se me acercó.

- ¿Podrás perdonarme algún día? – me preguntó.

- No sé, ya pasaron muchos años y es difícil olvidar...

- Isabel, la edad te puso mas bella – me dijo su mamá - cuéntame a qué te dedicas. Ella pensó que todavía seguía bailando.

- Tenemos algunos negocios y pronto terminare la carrera de medicina.

- Vaya, si lo hiciste – dijo Jeremy muy sorprendido.

- Sólamente necesito hacer la practica de tres años – le dije.

- ¿Sabías que mi hijo te busco mucho tiempo? – me preguntó ella -Pero le dijeron que ya vivías con un hombre.

- Me imagino – le contesté molesta.

- Nunca supimos que habías tenido gemelos- ella siguió hablando- y tan preciosos. Son igualitos a Jeremy.

Entramos al restaurante y la gente nos miraba y se secreteaban. Me imaginé que pensaban que yo era la amante suya. Jeremy era muy conocido como negociante exitoso, salía en revistas de negocios, en periódicos y no sé en cuantos lugares más. Cuando comíamos, se dieron cuenta lo dedicada que yo estaba con mis hijos y Jeremy me tomó de mi mano.

- Isabel, ven con nosotros a Nueva York – me dijo. Le solté mi mano rápidamente.

- No, tenemos que regresar a mi casa. Yo tengo que prepararme para comenzar mi práctica.

- Si quisieras, la podrías hacer en Nueva York.

- No quiero ser la causante del rompimiento de tu hogar.

- ¿Cual hogar? Mi ex-esposa se fue con otro hombre – me dijo y yo me quedé sorprendida, no podía creer lo que me estaba diciendo.

- De cualquier manera - le dije queriéndolo lastimarlo - tengo que regresar y mis hijos también.

- Isabel – me dijo la madre- piénsalo bien. Será bueno para los niños estar cerca de su padre.

- Señora, no quiero que piense que lo hago por maldad – le contesté-mi vida está ya hecha en California y mis hijos ya están acostumbrados. Pero no le digo que si o que no. Déjeme pensarlo, sería difícil volver a comenzar en otro lugar. - - No vas a volver a comenzar – dijo Jeremy- sabes muy bien que nada te faltará ni a ti ni a mis hijos.

- Un momento – le dije- yo no he dicho que me vendré a vivir contigo. Sólo aceptaré porque mis hijos tengan a su padre cerca.

- No, no estoy diciendo eso. Claro que eso es lo que deseo, pero si tú no lo quieres pues no. Lo único que quiero es tenerlos cerca.

- Ya veremos –le dije- ahora no sé qué contestar.

El desayuno fue muy agradable, Jeremy y su madre estaban encantados con los niños y Anita hacía muchas preguntas.

- ¿Mami, te vas a casar con papá?
- Contéstale a mi hija - Jeremy me dijo mirándome.
- No preguntes eso, Anita.
- Me siento el hombre más feliz del mundo - su padre la abrazó, le dio un beso y le dijo- pero seré mucho más feliz cuando tu madre acepte casarse conmigo.

Al regreso, Jeremy me pidió que aceptara ir a cenar con él. Yo no le contesté.

- No, no creo que tengamos nada que hablar tú y yo – dije de repente.
- Por el contrario – contestó- creo que tengo muchas cosas que explicarte - me sentía tan aturdida que ya no sabía qué hacer.
- No me importa que me expliques nada – le dije. Yo quería que sufriera como yo había sufrido, aunque estaba deseando lo contrario.

Su mamá decidió llevarse a los niños. Ellos estaban encantados de ir, yo tenía miedo de que me los fueran a quitar.

- Isabel, Isabel – dijo ella- no temas, jamás te haríamos daño de esa manera. Creo que ya sufriste demasiado cuando te separaste de mi hijo.

Yo me quedé con mis amigos Pepe y Ceci. Ya en mi cama no podía conciliar el sueño. Salí al balcón tomando un vaso de vino, mi mente estaba confundida y no podía perdonar a Jeremy por el sufrimiento que había sentido. Al mismo tiempo quería estar junto a él y tenía una ganas inmensas de abrazarlo y besarlo... pero mi orgullo era muy grande y olvidar sería imposible.

Mis amigos me aconsejaron que dejara a los niños pasar una temporada con su padre, pero para mi era imposible dejarlos. Nunca me había separado de ellos y la niña estaba tan apegada a mi que creí que no iba a querer. Pero para mi sorpresa, cuando les pregunté si querían quedarse con su padre durante las vacaciones saltaron de gusto y rápidamente gritaron que si. Entonces hablé con Jeremy sobre eso.

- ¿Y por qué no te quedas también tú? – me dijo Jeremy. Yo no sabía qué contestarle.

- Bueno – le contesté después de tartamudear un poco-es que yo tengo cosas que hacer allá en Los Ángeles, es mejor que se queden los niños contigo, si es que así lo quieres y tienes tiempo para ellos.

- Si, tiempo tengo de sobra – contestó rápidamente- pero te lo propongo en caso de que los niños te extrañen, así estarías también con ellos.

- No creo que eso pase- dije- además, ellos quieren quedarse contigo y su abuelita

- Está bien –dijo sin insistir más- pero si nos necesitas estaremos aquí y, por favor, piensa sobre lo nuestro -no le dije nada, sólo me despedí.

Esa era la noche especial de mi amigo Ceci. No pensé que Jeremy también estuviera presente, me sorprendí cuando lo ví tan hermoso, me dio un vuelco el corazón recordando tiempos pasados. Él estaba hablando con varias mujeres, lo tenían rodeado y sentí celos. Él me miró y las dejó para buscarme.

- Isabel, qué bella estas – dijo- el tiempo te puso más hermosa. Nunca te olvidé. - Parece que lo hiciste muy pronto porque te casaste rápidamente.

- No es lo que crees –me contestó- me casé porque me contaron que ya vivías con otro hombre y sentí mucho rencor. Pensé que tu amor había sido falso.

- Pero no averiguaste nada -y agregué- bueno, para qué acordarnos de cosas que nos hacen daño. Ya hiciste tu vida y yo la mía, además te sobran las mujeres.

- ¿Estas celosa? –me miró y sonrió. Lo miré enojada.

- ¡Engreído! – le dije y me marché enojada no por lo que él había dicho, sino porque me había descubierto.

Él trato de detenerme, pero sin escucharlo me marché, busqué a Ceci y le dije que ya me marcharía. Él estuvo de acuerdo y sin decirle nada a nadie me fui. Ceci luego me contó que Jeremy me buscó, pero como no me encontró se marchó. Me había dolido haberlo visto. Ya estaba en mi cama cuando sonó el timbre de la puerta. Pensé que Pepe había olvidado las llaves y fui a abrir. Me sorprendí al ver que era Jeremy quien estaba en la puerta.

¿Qué deseas? –le dije.

Pero sin decir nada él me tomó en sus brazos y me besó con la pasión con que solamente él sabia. Luché por separarlo de mí, pero la pasión que sentía por él me venció. Lo que no quería que él descubriera sucedió. Él sintió el amor que le tenía y que nunca había desaparecido de mi corazón, podía escuchar las palpitaciones de nuestros corazones, los dos estábamos muriéndonos de amor el uno por el otro. Me cegué por el sentimiento y mi respiración se me cortaba, me tomó en sus brazos y me llevó a mi habitación. Con desesperación hicimos el amor, él me decía que me amaba y que no quería alejarse de mi. Los dos lloramos de felicidad por estar juntos, le conté todo lo que había sufrido por no estar a su lado y él también se deshogó diciéndome que nunca había dejado de amarme y que ese fue el fracaso de su matrimonio. No sabía qué decirle, tenía miedo de todo, no quería volver a sufrir, todo era tan bonito que sentía miedo de que todo fuera falso.

- No tengas miedo, esta vez no permitiré que nada nos separe, te lo juro. Esta vez no te perderé, quiero que tú y mis hijos se vengan conmigo.

Nos pusimos de acuerdo en lo que haríamos. Cuando llegaron mis amigos les conté todo llena de felicidad. Ellos también se pusieron felices por mi, pero Pepe estaba un poco preocupado, me dijo que tenía miedo por la ex esposa de Jeremy. Dijo que varias veces lo quiso matar.

- Qué raro! –le contesté- Jeremy no me dijo nada. A lo mejor para no preocuparme, pero qué puede hacer?
- Sólamente no te confíes –me advirtió- no salgas sola.

No me preocupé. Pensé que Jeremy no dejaría que me pasara nada, nos protegería a mí y a los niños. No hacía caso de nada, me sentía la mujer más feliz del mundo. Decidí irme con Jeremy para Nueva York. Le informamos a su madre y los niños se pusieron muy felices. Mis amigos también estaban contentos por mí.

- Ay, amiga, -me dijo mi amigo Ceci- en hora buena. Ya me aburría la cara de infeliz que te cargabas. Qué diferencia, ahora te ves mas bonita.

Sólo reí, recogí mis cosas y quedamos en que pasarían por mí a Nueva York. Yo me marché con él. No sé por qué pero al llegar, entró a mi corazón una angustia inexplicable. No imaginé qué era. No hice caso, pensé que sólo eran imaginaciones mías. Jeremy estaba feliz de llevarnos, no dejaba de besarme y de acariciar a los niños. Llegamos a su casa y toda la servidumbre me trató bien con excepción de una sirvienta, quien no sonrió como los demás, sólo escuchó y se marchó a sus quehaceres. En el tiempo que estuve en la casa la noté muy rara y sospechosa. Dos veces la encontré hablando por teléfono, se asustaba cuando me veía y rápidamente colgaba. No comenté nada, sólo me preocupé.

Cuando mis amigos llegaron, le comenté a Pepe lo que ocurría. Él se preocupó y dijo que investigaría. Me olvidé del asunto y un día decidimos ir todos al sitio donde había trabajado. Tenía mucho miedo por mis hijos y le pedí a Jeremy que los protegiera. Él, para que yo me tranquilizara, fue por la sirvienta que tenía más tiempo con ellos y por el jardinero, pues los dos eran de mucha confianza y se quedaron con ellos en la habitación. Sólo así me tranquilicé.

Cuando llegamos al sitio, noté que un coche nos perseguía, pero pensé que me lo estaba imaginando y que eran puros nervios. Entramos, el dueño del sitio y otras personas que trabajaban allí se acordaron de mí. Me divertí y por lo pronto se me quitó la preocupación. Tuve que ir al tocador y Ceci me acompañó. Entrando, un hombre tomó a mi amigo y lo sujetó, pero tuvimos suerte pues una mujer nos vio y le avisó a Jeremy. Él y varios hombres fueron rápidamente a auxiliarnos. Una mujer, después supe que era la ex-esposa de Jeremy, me tenía sujetada con una cuerda y me estaba inyectando un líquido con una jeringa. Cuando llegaron, Jeremy corrió a ayudarme y de un golpe tiró a esa mujer, de tal manera que no alcanzó a inyectarme todo el líquido, sólo la mitad.

Alcancé a escuchar a Jeremy quien le decía cosas a esa mujer y entendí que era su ex-esposa. De repente todo comenzó a darme vueltas y alcancé a decirles que ayudaran a Ceci. Ya libre, él se acercó a mi y comenzó a gritar para que me dieran ayuda. Me estaba poniendo muy mal, llamaron a una ambulancia y me llevaron a un hospital. Perdí la consciencia y no supe de mi, duré más de dos días así y dijeron que ya casi me moría. Los doctores nos informaron que la droga que me habían puesto era muy peligrosa, si hubieran logrado ponérmela toda me habría muerto. Gracias a Dios y a esa mujer que nos vio, no tuvieron tiempo de hacerlo.

Jeremy no se despegó ni un minuto de mi, estaba desesperado pensando que moriría. Cuando desperté estaba dormido y tenía su cabeza en la cama, donde estaba yo. Muy débil, levanté la mano y le acaricié su pelo. Rápidamente se despertó y me besó llorando de felicidad pues yo ya estaba bien.

- Pensé que te morirías, mi amor –me dijo- no me lo habría perdonado. Le pregunté por mis hijos pues ellos me preocupaban- no te preocupes, ellos están bien. Además, esa mujer ya está en la cárcel y le darán muchísimos años. Te lo prometo.

Llamó a los niños, ellos entraron corriendo, subieron a mi cama y me dieron un beso. Me preguntaron si estaba bien.

- Pensábamos que ya estabas muerta –me dijo el niño.
- Pero ¿por qué pensaste eso, mi amor?
- Porque Martha nos dijo que tu te ibas a morir hoy y que papá traería otra mujer para que fuera nuestra mamá –me respondió.
- Nosotros no queremos que te mueras y además no queremos tener otra mamá–dijo la niña.

Jeremy dijo que ya regresaba pues tenía un asunto que arreglar. Se fue y llamó a la policía. Fueron a su casa y arrestaron a la sirvienta que yo notaba sospechosa. Su nombre era Martha. Jeremy me dijo que ella había sido la confidente leal de su ex-esposa todo el tiempo, que no había estado de acuerdo en que la dejara sola y estaba tratando de que regresara a como diera lugar. Su ex-esposa quería que yo muriera y quedarse con mis niños, ya que ella no podía tener hijos. Todavía amaba a Jeremy y a mí me odiaba porque él siempre me había amado. Él siempre le aclaró que me amaba. Ella, sin conocerme, me odiaba.

Ya de regreso en casa de Jeremy, él quiso cuidarme personalmente. Con la ayuda de mi Ceci, los dos me atendieron como a un bebé. Cuando estuve recuperada, Jeremy aprovechó para que fijáramos la fecha de nuestro matrimonio. Todavía me sentía muy débil y le di una fecha con la que no estuvo de acuerdo. Él quería casarse en ese mismo momento, si fuera posible. Pareciera que tuviera miedo volver a perderme.

- No tengas miedo –le dije- no me iré de ti por nada en el mundo. Créeme, te amo tanto como tú a mí. Pero, si lo deseas, nos casaremos cuando tu quieras.

- Entonces nos casaremos la próxima semana –dijo.

- Quiero pedirte algo muy importante para mi –dije mientras lo abrazaba- es algo que tengo que hacer y te pido ayuda para poder hacerlo.

- Pídeme lo que quieras –contestó- que ya lo tendrás -el pensó que tal vez era algo concerniente a mis amigos.

- No se trata de mis amigos, es algo que hace años debí hacer y no lo he hecho aún. Creo que ya sabes de dónde vengo...

- Si, ya me has contado. Pero dime que no te negaré nada de lo que quieras.

- Bién, quiero ir a México a rescatar a mi familia de las garras de mi padre.

- Primero nos casamos y luego iremos –contestó- nos llevaremos a nuestros hijos para que conozcan tu familia"

Los preparativos de la boda se hicieron lo mas rápido que se pudo, yo no moví un dedo. Jeremy no quiso porque pensó que podría enfermar y tener una recaída. Sólo me enseñaban todo para que aprobara los arreglos, el vestuario, las invitaciones y demás detalles.

El día de la boda llegó, cuando iba entrando a la iglesia le di gracias a Dios por todo lo que me daba: mis hijos, la buena vida que tenía, el esposo que me estaba regalando... después de esperar casi diez años y de sufrir por él todo este tiempo, por fin me unía a Jeremy en matrimonio.

Todo estaba decorado tan bonito, como siempre había soñado casarme. Mis hijos estaban felices al lado de Jeremy, esperándome frente al altar. Se veían tan guapos los dos y mi niña tan bonita, que mis lágrimas quisieron brotar, pero me aguante pues no quería arruinar mi maquillaje. Todo era felicidad; la fiesta estaba muy concurrida, conocía a casi toda la gente.

- ¡Qué suerte has tenido! -me dijo una mujer muy chismosa delante de Jeremy -casarte con un hombre como éste después del trabajo que tuviste, porque eso de andar de cabaretera de cantina en cantina ha de haber sido muy pesado, ¿verdad? -la mujer me miraba con ojos de burla.

- Mire señora, mi esposa no ha sido ninguna cualquiera, como usted lo dice, es bailarina profesional y la mejor que he visto. Para su información, pronto será doctora – dijo Jeremy, quien sin pensarlo tomó a la mujer del brazo, le hizo una señal a un empleado y le dijo - sácame a esta chismosa de aquí y cuidadito... que no la vea en la fiesta.

Me dio gusto tener a un hombre que me defendiera y me sentí orgullosa de ser su esposa. Me tomó de mi mano y me llevó junto con mis hijos a presentarnos con sus amistades. Se sentía orgulloso de mi y de los niños, sobretodo cuando escuchaba que eran igualitos a él.

Jeremy nos llevó a Hawai, allí fuimos a pasar nuestra luna de miel. No quisimos dejar a los niños, así que nos llevamos a Ceci y a mi suegra para que nos ayudaran con ellos. Pasamos tres semanas maravillosas, pero regresamos porque queríamos ir a México.

Jeremy cumplió su promesa de llevarnos. Una semana después de llegar a Nueva York, nos marchamos. Cuando bajamos del avión sentí miedo estar allá, vinieron los recuerdos. Jeremy decidió rentar un vehículo para ir a buscar a mi madre, cuando íbamos por el camino recordé cuando venia de mi pueblo junto con mi padre y sentí ganas de llorar. La llegada a mi pueblo me sorprendió porque no había cambiado mucho.

La gente nos miraba pero yo si había cambiado y tanto que no me reconocían.

Llegamos a buscar a mi madrina y cuando me baje del coche una multitud de gente estaba en la esquina mirándome. Yo si reconocí a algunos, pero ellos no. Toqué la puerta de la casa de mi madrina y ella salió.

- ¿A quién buscaba, señorita? –me preguntó sin reconocerme.
- ¿A poco no me reconoces, madrina? –le pregunté.
- ¿Isabel? –preguntó acercándoseme. Entonces gritó -virgen santísima, pero si eres Isabel! –las dos nos abrazamos y lloramos.
- Madrina, creí que nunca regresaría -llorosa dijo- Ay, hija, a tiempo vienes.

En ese momento, Jeremy bajó del coche junto con los niños.
- Mira, madrina, este es mi esposo y estos son mis hijitos –le dije. Mi madrina no podía creer que tenía gemelos.
- Ay, Isabel, qué guapo es tu esposo y que lindos niños. Saliste como tu abuela, vas a tener varios gemelos, ya verás. Mi esposo no entendía lo que decíamos, estábamos hablando en el dialecto de mi pueblo y él hablaba muy poco español.
- Tu nunca me dijiste que hablabas un dialecto -se le hizo gracioso. Yo sólamente me reí y él me besó la frente.
- Qué sorpresa me distes –me dijo.

Mi madrina comenzó a contarme muchas cosas, que mi madre aún no cumplía ni un año de haber muerto, prácticamente mi padre la había matado a golpes. Me habló de mis hermanitos que yo ni conocía, eran cuatro y la más grande de mis hermanas tenía ya doce. Mi padre la quería prostituir en la cantina del pueblo. A mi madrina le dio gusto que fuera por ellos, sentí dolor por no volver a ver a mi madre y me culpé al no ir pronto por ella.

- Hija, no te culpes –me dijo mi madrina- de todas manera ella no hubiera ido. Creo que amaba a tu padre, a pesar de todo -sentí pena por ella.

Rápidamente nos dirigimos a la casa de mi padre y sentí vergüenza con Jeremy. Cuando llegamos, escuchamos los gritos de mi padre, maltratando a mis hermanos. Bajamos del coche y me dirigí a la puerta. La abrí y Jeremy me siguió pues temía por mi. En ese momento, mi padre les azotaba a mis hermanos, entonces corrí a quitarle el gran chicote con que los azotaba Él me miró de repente.
- ¿Y tu quien eres?
- ¡Isabel!"
- En buen hora llegas – dijo riendo- necesito dinero y te llevaré otra vez con el gringo. Esta vez me dará muchísimo dinero, porque estas retechula –luego miró a Jeremy y dijo -¿y éste quién es? –entonces me quiso tomar del pelo y Jeremy lo sujetó con sus grandes brazos.

Me fui a buscar los documentos de los niños y mi hermanita mayor me dijo donde los tenían. Tan rápido como pudimos, tomamos la caja donde estaban y me llevé a mis hermanos al coche. Jeremy dejó a mi padre sentado en la silla, ya no se levantó más. Inmediatamente, fuimos a despedirnos de mi madrina y le dije que nos escribiríamos. También le di de regalo una gran cantidad de dinero, pero no quería aceptarlo. Le dije entonces que le arreglara la tumba de mi madre. Nos abrazamos, me echó la bendición y le dijo a mis hermanos que yo era su hermana. Los niños estaban cohibidos y sentían mucho miedo.

- Mi mama ya nos había hablado de ti –dijo mi hermanita mayor- y dijo que tal vez tu o alguna de mis otras hermanas vendría por nosotros. Si regresamos, mi papá nos matará.

- Sé lo que sientes –le dije y la abracé- yo también lo sentí. Pero ya no tengas miedo pues ya no sufrirán más. Yo vine por ustedes. Ella abrió mucho sus ojos.

- ¿en serio, viviremos contigo? –preguntó.

- Claro, mi amor –le contesté.

- ¿También yo? – preguntó mi hermanito más chiquito de apenas cuatro años. Yo me reí y mi esposo sólo escuchaba porque no entendía nada. Mis hermanos no tenían la fortuna de hablar español, sólo el dialecto del pueblo. Le dije a mi esposo lo que los niños decían y él rió.

- Pobrecitos –dijo y me tomó de la mano -te prometo que me haré cargo de ellos y serán como mis hijos -Jeremy era tan generoso que yo estaba segura de que lo cumpliría. Nos despedimos y nos marchamos.

Llegamos a la ciudad y compramos ropa para los niños. No podía creerlo, mis hermanos eran muy bonitos, pero con la mugre que traían no lo había notado. Mis hermanas eran muy parecidas a mi.

- Wow, qué lindos! –dijo Jeremy cuando los vió y agregó extrañado- no entiendo, ustedes son descendientes indígenas, pero no lo parecen.

Fui a tomar una foto de mis padres tomada cuando estaban jóvenes y se la mostré.

- Mira nada más qué bella era tu madre y tu padre no estaba mal – dijo.

Mis hermanos estaban felices, Jeremy nos llevó a pasear, les compró a los niños lo que quisieron y mi hermanita mayor estaba encantada con mis hijos. Aunque no se entendían, mis hijos la seguían mucho. No sé cómo es que Jeremy consiguió documentos para los niños, estuvimos en la ciudad de México tres días, pero con los documentos listos tomamos el avión de regreso. Mis hermanos estaban encantados, nunca soñaron que algún día subirían a un avión.

La vida cambió completamente para toda la que consideraba mi familia. Jeremy y yo decidimos que deberíamos de mudarnos a un pueblo pequeño, para que la crianza de mis hijos y mis hermanos fuera mejor. Buscamos un pueblo en Massachussets y nos mudamos.

Yo hice mi práctica en Boston y mi vida fue muy feliz. Me apasiona mi profesión.

Mis hermanos aprendieron a hablar el idioma del país antes de aprender el español y les dimos una niñez muy feliz. Estudiaron la profesión que quisieron y yo tuve más hijos. Como dijo un día mi madrina, salí como mi abuela y tuve otros dos partos de gemelos. En total, mi familia creció a ocho hijos. Jeremy fue el mejor de los esposos.

Mi madrina me escribió por varios años hasta que ya no pudo más. En una de sus cartas me comunicó que mi padre había muerto de una congestión alcohólica. Sentí pena por él, pero no fue el dolor por su muerte, sino por el maltrato que nos dio a todos nosotros y por su ignorancia. Se lo dije a mis hermanos pero no quisieron saber nada de él.

Ahora recuerdo todo como una pesadilla y creo que mis hermanos no quieren acordarse. Aunque desde que me case con Jeremy mi vida ha sido muy feliz, a veces los recuerdos me invaden y las pesadillas de vez en cuando llegan por las noches. Pienso mucho en mis hermanos perdidos, no sé si los volveré a ver, ni siquiera conozco a algunos de ellos, estaban chicos cuando yo desaparecí de mi casa, Mi madrina me dijo que todos fueron vendidos, las niñas con hombres y a los niños mi padre se los llevó y nunca supieron de ellos. Sólo recuerdo a mis hermanas mayores y lo único que hago es rogarle a Dios diariamente por todos ellos y que también me permita volver a verlos algún día. Ojalá les haya tocado una vida feliz como la mía.

Es increíble como puede cambiar la vida de uno y todo gracias a Dios y a mis muy buenos amigos, Pepe y Ceci, que me ayudaron en el tiempo más difícil. Así mis sueños se realizaron.

- FIN -